Arno Holz, Johannes Schlaf

Die Familie Selicke - Drama in drei Aufzügen

Arno Holz, Johannes Schlaf

Die Familie Selicke - Drama in drei Aufzügen

ISBN/EAN: 9783743485679

Hergestellt in Europa, USA, Kanada, Australien, Japan

Cover: Foto ©Andreas Hilbeck / pixelio.de

Weitere Bücher finden Sie auf **www.hansebooks.com**

Arno Holz — Johannes Schlaf.

Die Familie Selicke.

Drama in drei Aufzügen.

Zweite Auflage.

Berlin 1890.
Verlag von Wilhelm Issleib (Gustav Schuhr).

Vorwort.

Im Januar 1889, also jetzt grade vor einem Jahre, brachte der Verlag von Carl Reissner in Leipzig eine "Papa Hamlet" betitelte Novität auf den Büchermarkt, als deren Verfasser ein bis dahin noch gänzlich unbekannt gewesener Norweger Bjarne P. Holmsen angegeben war, während sein Uebersetzer sich Dr. Bruno Franzius nannte. Dieses Buch war eine Mystifikation, und die Unterzeichneten waren ihre Urheber.

Was sie dazu veranlasst hatte? Die alte, bereits so oft gehörte Klage, dass heute nur die Ausländer bei uns Anerkennung fänden, und dass man namentlich, um ungestraft gewisse Wagnisse zu unternehmen, zum Mindesten schon ein Franzose, ein Russe oder ein Norweger sein müsse. Als Deutscher wäre man schon von vorne herein zur alten Schablone verdammt, nur jene dürften scrupellos die alten Vorurtheile über Bord werfen, nur jene sogenannten "neuen Zielen" zustreben! Mit anderen Worten: Quod licet Jovi, non licet bovi!

Wir waren der Meinung, dass diese Klage nur auf einer falschen Deutung der Thatsachen beruhe. Wir glaubten, dass die bekannte, ablehnende Haltung, die unsere landläufige Kritik uns "Jüngeren" gegenüber nun einmal einnimmt, mit unserem Deutschthum absolut nichts zu schaffen habe; dass dieses ihr vielmehr völlig gleichgültig sei, dass es ihr einzig auf unsere "Richtung" als solche ankäme! Wir waren überzeugt, dass man uns mit den üblichen Komplimenten überhäufen würde, auch wenn wir beispielsweise als Norweger zeichneten! Es unterlag uns gar keinem Zweifel, dass der Kampf heute nicht mehr zwischen Inlandsthum und Auslandsthum tobe, sondern nur noch — man verzeihe uns hier diese dehnbaren Worte — zwischen Idealismus und Realismus, zwischen Convention und Naturwollen! Und in der That hat denn auch unser Experiment unsere Hypothese bestätigt . . . .

Die Mystifikation als solche glückte glänzend. So durchaus durchsichtig sie auch gehalten war, und so leicht es jetzt natürlich auch Manchen geworden sein mag, nachträglich zu behaupten, sie hätten sie gleich durchschaut: man glaubte an die Existenz Bjarne P. Holmsens sieben volle Monate lang und kam erst hinter seine Nichtexistenz, nachdem bereits die Verfasser selber kein Hehl mehr aus ihr machten.

Eine der ersten „Enthüllungen" brachte die erste Novembernummer des „Magazins für die Litteratur des In- und Auslands" in einem „Kaberlin" unterzeichneten Artikel. Der Anfang desselben lautete:

„Der Verfasser des Dramas „Vor Sonnenaufgang", Gerhart Hauptmann, hat auf der ersten Seite seines Buches einen gewissen Bjarne P. Holmsen freudig anerkannt. Es war dessen Novellencyklus „Papa Hamlet", erschienen bei C. Reissner in Leipzig, der, wie es in der Widmung heisst, die entscheidende Anregung gegeben hatte. Wieder einmal, so dachte ich — das Buch in die Hand nehmend, ist die Befruchtung aus dem Ausland gekommen; es scheint also, dass der deutsche Realismus zur Selbstständigkeit immer noch nicht reif — vielmehr noch gezwungen ist, die französische Knechtschaft mit der des Nordens zu wechseln.

Als ich jedoch die erste der drei Novellen durchgelesen hatte, erschien mir bereits die Echtheit der norwegischen Ortsfärbung sehr zweifelhaft. Denn nur zu bald bricht jenes urwüchsige, warme Element eines Humors durch die Schilderung, der nur den Germanen der Mittelzonen zu eigen ist. Und eine Nachforschung bestätigte meinen Verdacht: es stellte sich heraus, dass sich hinter dem Namen Holmsen ein jungdeutscher Dichter versteckt hält, der als Pfadfinder in dem bisher noch ziemlich dunkeln Gebiet des deutschen Realismus schon bekannt ist: Arno Holz, der Dichter des „Buchs der Zeit".

Zu diesem Absatze veröffentlichte dann die übernächste Nummer desselben Blattes folgenden Brief. Wir bringen ihn hier abermals zum Abdruck, um auch in Zukunft etwaigen ähnlichen Deutungen unseres Zusammenarbeitens ein für alle Mal aus dem Wege zu gehen.

Sehr geehrter Herr!

Gestatten Sie mir zu dem in No. 45 Ihres Blattes erschienenen Aufsatze: „Neurealistische Novellen. Besprochen von Kaberlin." freundlichst folgende Berichtigung:

Nachdem mich der Herr Verfasser des betreffenden Artikels — nebenbei bemerkt des weitaus eingehendsten und gediegensten, der, wenigstens in der deutschen Presse, bisher über „Papa Hamlet" erschienen ist — als Autor dieses Buches namhaft gemacht, setzt er in Form einer kleinen Fussnote hinzu:

„Johannes Schlaf soll ebenfalls, aber nur im zweiten Grad, an der Arbeit betheiligt sein."

Nun! Er soll es nicht nur, sondern er ist es auch! Und soweit wenigstens unsere d. h. seine und meine Kenntniss der Sachlage reicht, ist es überdies durchaus ungerechtfertigt, einem von uns beiden, und zwar ganz gleichgültig welchem, eine Betheiligung „ersten" oder „zweiten" Grades zuzumessen. Im Gegentheil! Nicht allein, dass wir unsere Arbeit zu gleichen Hälften geleistet zu haben glauben, wir haben sie thatsächlich so geleistet!

Eine langjährige Freundschaft, verstärkt durch ein fast ebenso langes, nahestes Zusammenleben, und gewiss auch nicht in letzter Linie beeinflusst durch gewisse ähnliche Naturanlagen, hat unsere Individualitäten, wenigstens in rein künstlerischen Beziehungen, nach und nach geradezu kongruent werden lassen! Wir kennen nach dieser Richtung hin kaum eine Frage, und sei sie auch scheinbar noch so minimaler Natur, in der wir auseinandergingen. Unsere Methoden im Erfassen und Wiedergeben des Erfassten sind mit der Zeit die vollständig gleichen geworden. Es giebt Stellen, ja ganze Seiten im „Papa Hamlet", von denen wir uns absolut keine Rechenschaft mehr abzulegen vermöchten, ob die ursprüngliche Idee zu ihnen dem einen, die nachträgliche Form aber dem anderen angehört, oder umgekehrt. Oft flossen uns dieselben Worte desselben Satzes gleichzeitig in die Feder, oft vollendete der eine den eben angefangenen Satz des anderen. Wir könnten so vielleicht sagen, wir hätten uns das Buch gegenseitig „erzählt"; wir haben es uns einander ausgemalt, immer deutlicher, bis es endlich auf dem Papier stand. Uns nun nachträglich sagen zu wollen, das gehört dir und das dem anderen, liegt uns ebenso fern, als es in den weitaus meisten Fällen auch thatsächlich kaum mehr zu ermitteln wäre. Wir haben nicht das mindeste Interesse daran! Unsere Freude war, dass es dastand, und die Arbeit selbst gilt uns auch heute noch mehr als die Arbeiter. Ein weiteres grösseres Opus haben wir bereits wieder unter der Feder und es wird sich ja zeigen, ob es die von uns angenommene „Einheit unserer beiden Naturen" bestätigen wird, oder nicht.

Mit der Versicherung meiner ausgezeichnetsten Hochachtung

Ihr ergebenster

Berlin, 1. November 1889.   Arno Holz.

Das angedeutete Werk ist dieses Drama. —
Zum Schlusse noch Eins! Wir haben uns nicht versagen können, aus den uns vorliegenden Kritiken über unser Buch, das übrigens — der Kuriosität wegen sei es erwähnt! — zur Zeit von Herrn Harald Hansen in Christiania ins Norwegische übersetzt wird, eine kleine Blüthenlese zusammenzustellen. Möge ihre seltene Farbenpracht die Leser ähnlich erfreuen, wie sie uns erfreut hat! . . .

Glaubt der Verfasser ein Realist zu sein, . . ., dann täuscht er sich.
C. Alberti in der „Gesellschaft".

Als Norweger ist Bjarne P. Holmsen natürlich Realist und ein radikalerer als alle seine Landsleute.
„Hamburger Nachr.".

Papa Hamlet . . . une suite des scènes détachées d'un réalisme violent.
„Le Temps".

Ein Trost für das patriotische Gefühl — wenn auch ein sehr kleinlicher — ist es beinahe, dass nach diesen jämmerlichen deutschen „Werken" der vorliegende Ausländer gleichfalls nichts Rühmliches bietet.
„Bl. f. litt. Unterh."

Ein norwegischer Dichter, welcher sich bald, und mit Recht, auch bei uns in Gunst setzen wird!
„Leipziger Tagebl.".

. . . Ein Machwerk traurigster Sorte!
C. Alberti in der „Gesellschaft".

. . . Ein Beleg mehr für die litterarische Kraft des Nordens!
„Kieler Zeitung".

Es sind drei Sittenbilder aus dem norwegischen Leben, in welchem die Rohheit des Inhalts mit der Rohheit der Darstellung einen tadellosen Zusammenklang bildet.
„Die Post".

Som hos den nye Kunsts Begyndere er adskilligt uklart, og mangen en Farveklat forbliver paa hvilken som helst Afstand en Klat, men de tre Studier efterlader dog alle det tilsigtede Indtryk. (Obgleich, wie bei allen Anfängern der neuen Kunst, hin und wieder Etwas unklar ist, mancher Farbenklex auch auf jede Distance ein Klex bleibt, so hinterlassen doch die Studien alle den beabsichtigten Eindruck.)
Harald Hansen im „Morgenbladet" (Kopenhagen).

„Papa Hamlet" (die erste) ist ein Bild trüber gesellschaftlicher Verhältnisse, ein trübes Motiv in jenem düstern Kolorit, über welches die Norweger, die Leute aus dem Lande der Mitternachtssonne, so einzig verfügen. Die Hauptfigur dieses Bildes ist Niels Thienwiebel, der herabgekommene Schauspieler, der in seinen kleinlichen, häuslichen Verhältnissen den Hamlet spielt, anfangs aus Eitelkeit und dann um seinen Untugenden und Fehlern einen Mantel umzuhängen. Wenn es ihm gelegen kommt, greift er sogar zur Methode des Wahnsinns und lässt so lange „Nordnordwest wehen", bis er auf kurze Zeit wieder aus der Klemme oder anderen unbehaglichen Zuständen befreit ist. Das Mitzehren bei einem Freunde, dem es ebenfalls nicht besonders geht, versteht er wie keiner. Das Bild ist überraschend einfach gehalten, aber man merkt recht, dass in dieser Einfachheit eine Kunst liegt.
„Kieler Zeitung".

(Die zweite) wird ... nicht nur diejenigen, die die stofflichen Missgriffe der Jüngstdeutschen noch nicht überwinden können, mit der neueren Richtung im Grunde versöhnen, sondern überhaupt in einigen Jahren alle Herzen erobern und ohne Zweifel eine Perle der humoristischen Litteratur werden. Denn, von der Reuter'schen Muse abgesehen, wüsste ich nichts, was nur im Entferntesten mit dem „Ersten Schultag" verglichen werden könnte ...
„Magazin".

Den tredje Studie „Et Dødsfald" giver to Brødres Nattevaagen over en tredje Broder, som er bleven saaret i Duel og dør ud paa Formiddagen. Jeg følte under Læsningen baade den lange, kolde Nat, den gryende Morgen, hvor Livet i Byen lidt efter lidt vaagner, og den fulde Dag, da alle styrter ud og ind for at bringe den døende Hjælp. Det var udmærket, skjøntjeg læste i mit Ansigts Sved! (Die dritte Studie: „Ein Tod" schildert uns die Nachtwache zweier Kameraden bei einem dritten, der im Duell gefallen ist und am Morgen stirbt. Ich fühlte während des Lesens die lange, kalte Nacht, den grauenden Morgen, wo das Leben in der Stadt allmählich erwacht, und den vollen Tag, wo alles ein- und ausstürzt, um dem Sterbenden Hülfe zu bringen. Das war ausgezeichnet, obgleich ich es las im Schweisse meines Angesichts!
Harald Hansen im „Morgenbladet" (Kopenhagen.)

Da geht uns denn doch schliesslich die Galle über, sowohl an dem Ekel, den diese Verirrung erregen möchte, als an dem Aerger, den der Missbrauch guter Mittel hervorruft!
„Frankf. Ztg.".

Es sind keine fröhlichen Bilder, die Bjarne P. Holmsen zeigt. Sie erfreuen nicht, sie ergreifen. Wir dürfen über die Wahl seines Sujets nicht mit ihm rechten, denn er allein kann wissen, was ein Gott ihm zu sagen gegeben. Wir müssen zufrieden sein, dass in unseren Tagen ein Talent erstanden ist, welches kleine Züge so sorgsam zu beobachten und festzuhalten versteht, wie einst Jean Paul, und welches zugleich eine Phantasie besitzt, wie Theodor Amadeus Hoffmann sie besessen.
„Berl. Börsencourir".

... Novellen, welche ein junger Mann von fünfundzwanzig Jahren zusammengeschrieben hat, nachdem er eingesehen, dass die ihm von seinen Eltern vorgeschriebene Thätigkeit in einem Bankgeschäft seinem litterarischen Ehrgeize nicht genügte.
„Die Post".

Der Herr Verleger hat geglaubt, den Eindruck dieser Novellen, in denen entsetzlich viel geflucht und geschimpft wird, durch höchste Eleganz der Ausstattung einigermaassen abzuschwächen. Schade um das schöne Papier und den tadellosen Druck.
„Die Post".

— X —

„Papa Hamlet". Sous ce titre a paru récemment en Norvège une nouvelle qui fait assez grand bruit. Elle a été traduite en allemand, elle va l'être en anglais, peut-être le sera-t-elle en français.
„Le Temps".

Der Einband zeigt in der äussersten Ecke das Bild des Verfassers. Nicht umsonst hat sich der hübsche, junge Mann mit solcher Bescheidenheit in den Winkel gestellt — er wird wohl darin stehen bleiben.
„Blätter für litterar. Unterh."

Zulk een schrijver moet gelezen worden; jammer, dat hij aan eene oogziekte lijdende is, zoodat hij slechts met groote moeite zijn sociaalroman „Fremud" persklaar kan maken. Holmsen is wel een Noor van geboorte, maar zijn scherpe blik, zijn heldere geest, zijn onverbeterlijke humor maken hem internationaal.
„De Leeswijzer".

Wo der Uebersetzer den „grandiosen Humor" findet, bleibt unergründlich.
„Allgem. Kunstchronik".

Franzius lässt uns die Bekanntschaft mit einem jungen norwegischen Humoristen machen, der in der That eine nicht gewöhnliche Begabung besitzt und dessen Humor Franzius grandios zu nennen ein Recht hat.
„Vossische Zeitung".

Der Uebersetzer ist so naiv, in seiner Einleitung einzugestehen, dass die Schöpfungen des von ihm entdeckten schriftstellerischen Genies „in ihrer norwegischen Heimath noch lange nicht nach Gebühr gewürdigt" sind, was uns mit Hochachtung vor dem litterarischen Geschmack der Norweger erfüllt und uns von Neuem in der Meinung bestärkt, dass auch Ihnen zu den Propheten gehört, die in ihrem Vaterlande nichts gelten.
„Die Post".

Deze nieuwe Noordsche schrijver is onlangs (19. Dec.) eerst 28 jaar geworden, een leeftijd, waarop nog niet ieder auteur buiten de grenzen van zijn vaderland bekend is geworden. Toch is den jongen auteur reeds die eer te beurt gevallen!
„De Leeswijzer".

Der Uebersetzer hat sich sichtlich grosse Mühe gegeben, das norwegische Original deutschen Lesern mundgerecht zu machen; aber er hat, nach unserer Meinung, seine Arbeit keinem würdigen Object zugewandt.
„Berner Bund".

Bogen fortjener de Lovord, den dog har faaet af enkelte. Jeg kjender saa overmaade lidt tysk Literatur, at jeg slet ikke kan tale med om den, men det skulde alligevel ikke undre mig, om dette var nyt i Tyskland! (Das Buch verdient die erhaltenen Lobreden. Ich kenne die deutsche Literatur nur sehr oberflächlich und kann also nicht recht mitreden, aber es sollte mich doch wundern, wenn dies in Deutschland nicht neu wäre!)
Harald Hansen im „Morgenbladet" (Kopenhagen).

Erheben sich die übrigen Erzählungen nicht über den Durchschnitt, die erste ist vortrefflich und rechtfertigt die Arbeit des Uebersetzers durchaus.
„Voss. Ztg.".

Von den drei Stücken des vorliegenden Buches ist das erste, „Papa Hamlet", fast lediglich eine Studie des Hässlichen und Unvernünftigen; dagegen hat die kleine Skizze: „Der erste Schultag" und noch mehr das düstere Augenblicksbild „Ein Tod" eine eigene poetische Bedeutung. **Namentlich in dem Letzteren redet die Wirklichkeit unmittelbar zu dem Leser.**
„Hamburger Nachrichten".

Die in dem Buche noch enthaltenen Erzählungen „Der erste Schultag" und „Ein Tod" geben der erstgenannten an Unwahrheit nichts nach.
„Allgem. Kunstchronik".

Logische und psychologische Entwickelung ist bei diesem Holmsen ein überwundener Standpunkt.
„Frankfurter Ztg.".

Wie Papa Hamlets Stolz, der geschminkt und geliehen ist, wie sein Selbstbewusstsein, welches sich mit den goldenen Fetzen seiner Lieblingsrolle ausstaffirt, sich einer immer öderen Wirklichkeit anbequemt, wie in dem wirthschaftlichen Bankbruch allmählich nackter und nackter die ganz gewöhnliche, ganz gemeine Bestie hervortritt, das ist mit einer **Meisterschaft** skizzirt, welche an keiner Stelle verlegen ist, den charakteristischen Zug und für diesen das charakteristische Wort zu finden.
„Berl. Börsencourir".

... Im Uebrigen hat der Verfasser nur für den Schmutz einen klaren Blick.
„Allg. Kunstchr.".

... und als sicherste Bürgen dichterischen Berufes einen **freien Humor** und in glücklichen Momenten jene **Prägnanz und Keuschheit der Gestaltung und Darstellung**, die mit wenigen Strichen oft ein ganzes, grosses Gemälde andeutet...
„Hamb. Nachr.".

Der Uebersetzer giebt sich in seiner Einleitung Mühe, seinen Autor dem Leser nahe zu bringen, er sucht die allgemeine Theilnahme für den „originellen" Norweger zu erwecken.
„Allgem. Kunstchr.".

Het behoeft ons geenszins te verwonderen, dat Dr. Franzius zich genoopt gevoelde dit werk te vertolken, want reeds bij de eerste regels valt het op, dat Holmsen een origineel is.
„De Leeswijzer".

Der junge Autor, der uns hier vorgestellt wird, ... stellt in der krassesten Weise die Auswüchse einer Schule dar, der man schon an sich nicht ohne starke Vorbehalte und Bedenken entgegentreten kann. Er gehört ... zu jenen ... Ibseniden und Björnsterneiden, die in der Ueberbietung der Manieren der Meister die beste Art der Nachahmung zu suchen scheinen.
„Frankfurter Zeitung".

Forfatternes „Oversætter" hävder i Forordet, at dette ikke er Efterlignere Värk, og det foles saadan. (Die „Dichter-Uebersetzer" erwähnen im Vorwort, dass ihr Buch kein Werk der Nachahmung sei, und das fühlt man auch durch!)
Harald Hansen im „Morgenbladet" (Kopenhagen).

Il a passé deux ans en France...., et ce séjour paraît avoir exercé une certaine influence sur sa vocation littéraire. Ses procédés relèvent d'ailleurs plutôt de l'école russe contemporaine.
„Le Temps".

... Anhänger des Naturalismus, Schüler Zolas!
„Allgem. Kunstchr".

Dem Verfasser schwebt vielleicht dasselbe Kunstziel vor, welches Hogarth mit seinen grotesken Zeichnungen sich setzte. Aber es liegt in der Verschiedenheit der Kunstmittel, — bei Hogarth das Nebeneinander der Figuren, bei Holmsen das Nacheinander der Worte, dass der Schriftsteller die Deutlichkeit des Malers nur selten zu erreichen vermag.
„Berner Bund".

... Was den impressionistisch-pessimistischen Effect anbetrifft, so darf man dem Autor zu seinem Können gratuliren.
G. M. Conrad in der „Gesellschaft".

... ungenügende Art der Darstellung!
„Berner Bund".

... erstaunliche Lebendigkeit der Darstellung!
„Voss. Ztg.".

... rücksichtslose aber wahre Darstellung!
„Kieler Ztg.".

Ausdrucksvoll herausgebildete Darstellung!
„Hamb. Nachr.".

Das lesen wir nicht, wir sehen es vor Augen, während das Herz zusammenkrampft, die Faust sich ballt!
„Berl. Börsencourir."

Holmsen malt mit einem dicken Borstenpinsel.
„Züricher Post".

... Das sind die Geschehnisse, welche uns der Dichter erzählt. Die unvergleichliche Kleinmalerei, mit welcher er es erzählt, möge nun jeder selbst geniessen.
„Leipziger Tagebl.".

Holmsen besitzt Begabung, aber noch eine weit grössere müsste zu Grunde gehen, wenn sie alle Kraft verschwendete, Schatten auf Schatten zu legen. Mit Schwarz allein lässt sich weder malen noch dichten. Nur der Wechsel von Licht, Halblicht und Dunkel giebt den Schein der Körperlichkeit, in Kunst und Leben.
Otto v. Leixner in der „Deutschen Romanztg.".

Ein äusserst wirksames und feines Colorit ist dieser Darstellung eigen.
„Kiel. Ztg.".

Unter solchen Händen muss auch der beste Stoff zu Schanden werden, die Kunst wird gradezu entweiht und dies gar noch, ohne dass sich dafür ein ethischer oder sozialer Vorwand entdecken liesse!
„Frankf. Ztg.".

Die Dichter sind die einzigen Rächer der gemordeten Schwachheit. Auch Holmsen ist ein Rächer. Jede Mutter, die ihr Kind lieb hat, lese: „Der erste Schultag".
„Züricher Post".

Eine pessimistische Grundansicht von allem Menschlichen zum Verrücktwerden!
G. M. Conrad in der „Gesellschaft".

Man ist verletzt durch die scheusslichen Bilder, die der Verfasser vor unsere Phantasie gebracht hat. Er behandelt die denkbar widerwärtigsten Themata mit Vorliebe.
„Berner Bund."

Was man vor hundert Jahren an Empfindsamkeit gesündigt hat, das wird hier zehnfach durch Brutalität wett gemacht, uns wird auch nicht das Aeusserste von Schmutz erspart.
„Frankf. Ztg.".

Quellfrischer Humor!
„Magazin".

Scharfes Auge, milder, versöhnlicher Sinn!
„Voss. Ztg.".

Det „realistiske" i hele Bogen er saa uskyldigt, at man her til Lands næppe vilde have gjort Ophævelser over det. Realisme er nemlig, i alt Fald i Norge, blevet ensbetydig med Skildringer af kjønslige Udskejelser, og af det findes der intet i „Papa Hamlet". Fraregnet den første Studie er Bogen ikke engang „hæslig". (Das speziell „Realistische" des ganzen Buches ist so unschuldiger Natur, dass man hier zu Lande kaum davon Aufhebens gemacht haben würde. Realismus ist nämlich, wenigstens in Norwegen, gleichbedeutend geworden mit der Schilderung gewisser Zweideutigkeiten und davon findet sich nichts in „Papa Hamlet". Abgesehen von der ersten Studie ist das Buch nicht einmal „hässlich"!
Harald Hansen im „Morgenbladet" (Kopenhagen).

Nichts als Schmutz, Elend, Verkommenheit — körperlich wie geistig. Ich hasse jenen schönfärbenden falschen Idealismus, welcher Alles in erborgten Schimmer kleidet. Er ist eine Lüge und — der Tummelplatz der kunstfertigen Kunstspieler. Aber ebenso ist ein Todfeind echter Poesie jene sogenannte Wahrheit, welche alle Krankheiten, seien sie des Leibes oder der Seele, auf die Gestalten häuft und die Augen schliesst, um nichts Lichtes sehn zu müssen. Auch das ist Lüge.
Otto v. Leixner in der „Deutschen Romanztg.".

Het is of Holmsen het leven à la Zola bestudeerd heeft, maar niet diens pessimistischen bril heeft opgezet — zelfs in het laatste stuck, — het boek heeft er drie — waarin hij den dood van een student zoo aangrijpend schetst, komt vaak de humor om den hoek gluren en gaat er en lach op, die u als een snijdende sarkasme op dit leven in de ooren klinkt.
„De Leeswijzer".

Alles erscheint verzerrt, wie in den theergefüllten Glaskugeln, die man früher in Gärten hatte, aber diese Vergröberung des Groben ist weder Portrait noch Kunstwerk, sondern einfach Versündigung an Kunst und Natur zugleich.
„Frankf. Ztg.".

„Bjarne P. Holmsen" ist also nicht nur derjenige Dichter, welcher dem Realismus neue Bahnen erschlossen, sondern er ist auch bis jetzt noch der Einzige, der mit voller Sicherheit bis an die vorläufig erreichbare Grenze in Stoff und Form vorgehen kann. Als Künstler eine grosse Individualität, fordert er gänzliche Unterwerfung, ehe sich die Feinheiten seiner Kunst dem Genusse erschliessen. Lernt der Dichter erst noch seinen Reichthum ganz beherrschen, wird er bald unter den deutschen Realisten eine einsame und noch lange verkannte Erscheinung sein. Dem wirklich eigenen Künstler bleibt das nicht erspart; Gottfried Keller ist es ja auch so ergangen.
„Magazin".

Wandelt der noch jugendliche Autor auf der aufsteigenden Bahn weiter, die durch die Reihenfolge der drei Studien des vorliegenden Bandes angedeutet ist, so mag er sich in nicht ferner Zeit einen ausgezeichneten Platz unter den Dichtern seines Volkes gewinnen.
„Hamb. Nachr.".

Für den Stil kann nur der Uebersetzer verantwortlich gemacht werden, und letzterer scheint der Ansicht zu sein, man müsse das Abscheuliche auch abscheulich schreiben. Man wird nicht bald eine solche Fülle abgehackter Sätze und unschöner Worte in einem Werke beisammen finden. Eine wahre Distellese von Geschmacklosigkeiten!
„Allgem. Kunstchr.".

Men jeg kjender nær sagt ikke det tyske Sprog igjen. Hvor er de lange Sætninger, hvor de lange Ord, hvor de slæbende haben-werden-sein! Det er et helt nyt Sprog! (Ich erkenne kaum die deutsche Sprache wieder! Wo sind die langen Sätze geblieben, wo die langen Wörter, wo die schleppenden haben-werden-sein? Es ist eine gänzlich neue Sprache!)
Harald Hansen im „Morgenbladet" (Kopenhagen).

... eine sehr geschickte Uebersetzung ...
„Hamburger Nachrichten."

... eine sehr gute Uebertragung ...
„Gesellsch."

... eene goede Duitsche vertaling ...
„De Leeswijzer".

... die Uebersetzung ... eine wundervoll vollendete!
„Berliner Börsencourier".

Der Uebersetzer nennt Holmsen einen „Anatomen" von der Art der grossen modernen Schriftsteller; das ist er aber in keiner Weise, denn sein Sezirmesser ist kein Instrument, welches blosslegt, erklärt, verdeutlicht, wie es der Realismus zu thun pflegt, sondern es schabt nur allerhand Fleischfetzen und Knöchelchen auf einen Haufen zusammen, aus denen der arme Leser dann die Glieder heraussuchen mag. Gewiss kann man dem Realismus als Princip von allerhand Standpunkten aus Vorwürfe machen, aber der schwerste Vorwurf wäre der der Verundeutlichung statt der Verdeutlichung — denn er will ja im Prinzip nichts als die Deutlichkeit der Dinge, sei es selbst die gemeine Deutlichkeit auf Kosten der Verklärung.
„Bl. f. litt. Unt.".

Die Technik der Darstellung ist in hohem Grade originell. Es sind fast lauter Farbenspritzer, jäh, grell, unvermittelt, die sich in der Phantasie des kunstgeübten Lesers sofort zum brennendsten Lebensgemälde zusammensetzen. Nur Bilder, keine Gedanken. Diese erschreckliche Virtuosität der Wirklichkeitsnachbildung in winzigen Ausschnitten, nur am Tragisch-Banalen geübt, macht den Leser auf die Dauer ganz nervös.
G. M. Conrad in der „Gesellsch.".

..... Abgesehen, sagen wir, von dem Krassen solcher Motive, ist auch die stilistische Methode, durch welche Holmsen seine Effekte zu erreichen bemüht ist, eine höchst widerliche ..... Man ist oft viele Sätze hindurch ganz im Unklaren über den Ort der Handlung, über die Personen und ihre Verhältnisse. Die Lectüre des Buches lässt daher einen sehr unbehaglichen Eindruck zurück!
„Berner Bund".

Aber für das Beste, für eine Errungenschaft, aus der sich noch ein Kardinalgrundsatz des epischen Verismus entwickeln kann, halte ich die Art der Darstellungsweise selbst! „Holmsen" beschreibt nämlich die Dinge von innen nach aussen, d. h. er konzentrirt sie so in die Lebensäusserungen, dass sie sich dem Leser durch dichterische Schlüsse von selbst erzählen ... Ich werde mich wohl hüten, eine solche Darstellungsweise im Prinzip neu zu nennen, denn sie wird bereits von vielen Realisten hie und da angewandt, aber „Holmsen" ist der Erste, der sie konsequent durchführt, und in diesem Sinn der Einheitlichkeit ist sein Stil, den die glücklichste Wirkung rechtfertigt, mit ganzem Recht relativ neu zu nennen. Es ist wohl möglich, dass durch die dichte Folge der die Situation fortrückenden Momente hie und da die Darstellung hüpft und dadurch Unklarheiten entstehen, aber dafür reizt dieser Stil, ja zwingt die Phantasie, geradezu die entstehenden Lücken durch Mitdichten auszufüllen, wodurch der Leser in die angenehmste Spannung geräth! „Magazin".

Holmsen valt om zoo te zeggen — met de deur in het huis, en hij laat zijne persouen, alsof het reeds oude bekenden waren, zelfs zoo vlug, d. i. zonder nadere aanwijzing, met elkander spreken, dat het vaak moeilijk is, hem te volgen. En toch trekt de vreemde behandeling van zijne stof aan, vooral daar zij ook komisch is. „De Leeswijzer."

Die Natürlichkeit wird hier zu Affektion und — unabweisliche Folge — überschlägt sich in Inhalt und Form derart, dass an die Stelle des auch nur mässigsten Kunstgenusses eine mit Ekel gemischte Betäubung tritt! „Frankfurter Ztg.".

Es würde nichts nützen, den Gang der Erzählungen hier in Hauptumrissen wiederzugeben. Das würde auch leicht genug sein, denn nicht um sonderbare Verknotungen und fremdartige, unerwartete Geschicke handelt es sich, sondern um alltägliches Menschenelend, aber mit Dichteraugen geschaut und im Dichterherzen nachgefühlt. „Leipziger Tageblatt".

Grade wir ... grade wir haben im höchsten Grade die Pflicht, uns gegen unreife Knaben zu wenden, welche den Realismus discreditiren, indem sie seinen Namen benutzen, um ihre ganz gewöhnliche Unfähigkeit zu bemänteln, die sich hinter Groteskssprüngen à la Hanswurst versteckt. Der Realismus ist eine ernste, heilige Sache, aber keine Löwenhaut, hinter der sich Esel verstecken dürfen ... — Wir müssen auch Herrn Holmsen von unseren Rockschössen abschütteln! C. Alberti in der „Gesellschaft."

Es hat schon mehr als einmal eine Zeit des Realismus gegeben, und immer war sie eine Uebergangszeit. Sie geht der Blüthe der Litteratur voraus oder sie folgt ihr, und es kann uns nicht irre machen, dass dem Realismus eine wüste Schaar von Unfähigkeiten lärmend sich aufdrängt. Dieser Haufe zerstiebt verdientermaassen wie Spreu, und wenn er sich für eine Schule hält, weil er sich schülerhaft geberdet, so wird sein Lärmen doch mit dem Tage vergessen. Aus Sturm und Drang ist Grosses hervorgegangen, nicht weil Sturm und Drang gross waren, sondern weil unter den Stürmern und Drängern sich Grosse befanden. Auch jetzt stehen wir mitten in solchem Sturm und Drang, aber zum ersten Mal sehen wir in dem Gewimmel, das bisher nur die Laufgräben der Litteraturfestung mit schlechter Makulatur füllte, ein starkes Talent, und dieses Talent hat mit jenem Gewimmel nichts gemein. Bjarne P. Holmsen wird wohl von den Realisten als einer der Ihren reklamirt, doch er weiss von ihnen so wenig, wie die Nachtigall von einer Gesangsschule. „Berl. Börsencourir."

Eine merkwürdige Künstlerindividualität, wenn auch kein Realist in unserem Sinne, ist Holmsen unter allen Umständen. G. M. Conrad, ebenfalls in der „Gesellschaft".

Allen, die sich die Menschheit und die Poesie verekeln wollen, sei dieses Buch bestens empfohlen! Otto v. Leixner in der „Deutschen Romanztg.".

... es gehört zu jener schlechten Gattung von litterarischen Neuigkeiten, welche durch einen originellen Titel Erwartungen zu erregen suchen, welche der Inhalt nicht befriedigt!
„Die Post".

... In der That ein seltsames Buch, welches sehr verschiedene Aufnahme finden wird!... Wann kommen Bücher wie „Papa Hamlet", dahin, wohin sie gehören: ins Volk?
„Züricher Post"

Und unsere eigene Meinung?

„Der eine betracht's,
Der andre beacht's,
Der dritte verlacht's —
Was macht's?"

Berlin, 24. December 1889.

Arno Holz.
Johannes Schlaf.

Personen:

Eduard Selicke, Buchhalter.
Seine Frau.
Toni, 22 Jahre alt ⎫
Albert, 18 „ „ ⎬ ihre Kinder.
Walter, 12 „ „ ⎪
Linchen, 8 „ „ ⎭
Gustav Wendt, cand. theol., Chambregarnist bei ihnen.
Der alte Kopelke.

Zeit: Weihnachten. Ort: Berlin N.

Erster Aufzug.

Erster Aufzug.

Das Wohnzimmer der Familie Selicke.

(Es ist mässig gross und sehr bescheiden eingerichtet. Im Vordergrunde rechts führt eine Thür in den Corridor, im Vordergrunde links eine in das Zimmer Wendt's. Etwas weiter hinter dieser eine Küchenthür mit Glasfenstern und Zwirngardinen. Die Rückwand nimmt ein altes, schwerfälliges, grossgeblumtes Sopha ein, über welchem zwischen zwei kleinen, vergilbten Gypsstatuetten „Schiller und Goethe" der bekannte Kaulbach'sche Stahlstich „Lotte, Brod schneidend" hängt. Darunter im Halbkranze, symmetrisch angeordnet, eine Anzahl photographischer Familienportraits. Vor dem Sopha ein ovaler Tisch, auf welchem zwischen allerhand Kaffeegeschirr eine brennende weisse Glaslampe mit grünem Schirm steht. Rechts von ihm ein Fenster, links von ihm eine kleine Tapetenthür, die in eine Kammer führt. Ausserdem noch, zwischen den beiden Thüren an der linken Seitenwand, ein Tischchen mit einem Kanarienvogel, über welchem ein Regulator tickt, und, hinten an der rechten Seitenwand, ein Bett, dessen Kopfende, dem Zuschauerraum zunächst, durch einen Wandschirm verdeckt wird. Am Fussende des Bettes, neben dem Fenster, schliesslich noch ein kleines Nachttischchen mit Medizinflaschen. Zwischen Kammer- und Küchenthür ein Ofen, Stühle.

Frau Selicke, etwas ältlich, vergrämt, sitzt vor dem Bett und strickt. Abgetragene Kleidung, lila Seelenwärmer, Hornbrille auf der Nase, ab und zu ein wenig fröstelnd. Pause.)

Frau Selicke (seufzend): Ach Gott ja!

Walter (noch hinter der Scene, in der Kammer): Mamchen?!

Frau Selicke (hat in Gedanken ihren Strickstrumpf fallen lassen, zieht ihr Taschentuch halb aus der Tasche, bückt sich drüber und schneuzt sich).

Walter (steckt den Kopf durch die Kammerthür. Pausbacken, Pudelmütze, rothe, gestrickte Fausthandschuhe): Mamchen? darf ich mir noch schnell 'ne Stulle schneiden?

Frau Selicke (ist zusammengefahren): Ach, geh' du ungezog'ner Junge! Erschrick einen doch nich immer so! (ist aufgestanden und an den Tisch getreten, auf den sie ihre Brille legt). Kannst Du denn auch gar nich 'n bischen Rücksicht nehmen?! Siehst Du denn nich, dass das Kind krank ist?

Walter (ist unterdessen auf's Sopha geklettert und trinkt nun nacheinander die verschiedenen Kaffeereste aus. Den Zucker holt er sich mit dem Löffel extra raus): Aber ich hab' doch noch solchen Hunger, Mamchen?

Albert (ebenfalls noch hinter der Scene, in der Kammer, deren Thür jetzt weit aufsteht. Man sieht ihn vor einer kleinen Spiegelkommode, auf der ein Licht brennt. Knüpft sich grade seine Kravatte um. Hemdärmel): Ach was, Mutter! Jieb ihm lieber 'n Katzenkopp un denn is jut!

Frau Selicke (die jetzt Walter die Stulle schneidet): Na, Du, Grosser, sei doch man schon ganz still! Du verdienst ja noch alle Tage welche! Ich denk', ihr seid überhaupt schon lange weg?

Albert (ärgerlich): Ja doch! Gleich! Aber ich wer' mir doch wohl noch erst den Rock abbürschten können?

Frau Selicke: Na ja, gewiss doch! Steh Du man immer recht vor'm Spiegel und vertrödle recht viel Zeit! Da werd't Ihr ja euern lieben Vater sicher noch finden! Der wird heute grade noch auf 'm Comptoir sitzen!

Albert: Ach Jott! Nu thu doch man nicht wieder so! Vor Sechs kann er ja doch heute so wie so nich aus 'm Geschäft!

Frau Selicke: So! Na! Und wie spät denkste denn, dass es jetz' is? (hat während des Streichens der Stulle einen Augenblick inne gehalten, den Schirm von der Lampe gerückt und nach dem Regulator gesehen) ... Jetz' is gleich Dreiviertel!

Albert: Ach, Unsinn! Die jeht ja vor!

Frau Selicke (für sich, fast weinend): Hach nee! Ich sag' schon! Sicher is er nu wieder weg, und vor morgen früh wer'n wir 'n ja dann natürlich nich wieder zu sehn kriegen! Nein, so ein Mann! So ein Mann! ...

Albert (noch immer in der Kammer und vor'm Spiegel): Hurrjott, Mutter! Räsonnir' doch nich immer so! Du weisst ja noch gar nich!

Frau Selicke: Ach was! Lass mich zufrieden! Beruf' mich nich immer! Ich weiss schon, was ich weiss! (unwirsch zu Walter) Da — haste! Klapp se Dir zusammen und dann macht, dass Ihr endlich fortkommt! Aus Euch wird auch nischt!

(Es klingelt.)

(Einen Augenblick lang horchen beide. Frau Selicke ist zusammengefahren, Walter starrt, die Stulle in der Hand, mit offenem Munde über die Lampe weg nach der Thür, die in's Entree führt.)

Frau Selicke (endlich): Na? Machste nu auf, oder nich?

(Walter hat die Stulle liegen lassen und läuft auf die Thür zu. Er klinkt diese auf und verschwindet im Entree.)

Albert (der eben aus der Kammer getreten ist, in der er das Licht ausgelöscht hat. Zieht sich noch grade seinen Ueberzieher an. Aus der Brusttasche stecken Glacees, zwischen den Zähnen hält er eine brennende Cigarrette, an einem breiten, schwarzen Bande baumelt ihm ein Kneifer herab. Modern gescheitelt, Hut und Stöckchen hat er einstweilen

auf den Stuhl neben dem Sopha plazirt. Zu
Frau Selicke, indem er mit dem Fusse die Thür hinter
sich zudrückt): Nanu? Das kann doch unmöglich
schon der Vater sein?
Frau Selicke (die sich wieder mit dem Kaffeegeschirr
zu thun macht, unruhig): Ach wo!
(Unterdessen ist draussen die Flurthür aufgegangen und
man hört die Stimme des alten Kopelke: „Brrr ...
is det heit 'n Schweinewetter?!" — Die Thür klappt
wieder zu, und jetzt schreit Walter laut auf, ausge-
lassen: „Ah! Olle Kopelke! Olle Kopelke!" — „Nich
doch, Kind, nich doch; du thust mir ja weh! Du drickst
mir ja! Du musst doch aber ooch heer'n! Da — nimm
mir mal lieber hier 'n bisken det Menneken ab! ...
Brrr ... nee ... a!")
Albert (zu Frau Selicke, sich die Handschuhe zu-
knöpfelnd): Ach, der alte Quacksalber?!
Frau Selicke: Na, Du, Grossmaul, wirst doch
nich immer gleich das Geld geb'n für'n Docter!
Albert (aufgebracht): Ach, Blech! Nich wahr? Nu
fang wieder davon an! ...
Walter (noch halb im Entree): Au, Mamchen,
sieh mal! 'n Hampelmann! Mamchen, 'n Ham-
pelmann! (Er kommt mit ihm in's Zimmer getanzt.
Zum alten Kopelke zurück): Wah? den schenken
Se mir?
Kopelke (behutsam hinter ihm drein, Klein, kugel-
rund, freundlich, Vollmondsgesicht, glattrasirt. Sammet-
joppe, Pelzkappe, Wollshawl): Sachteken! Sachteken!
Albert (hat sich den Stock schnell unter den Arm
geklemmt und sich den Kneifer aufgesetzt, affectirt):
Ah, gut'n Abend, Herr Kopelke!
Kopelke: 'n Abend! 'n Abend, junger Herr!
(Reicht Frau Selicke die Hand) 'n Abend! (Nach dem
Bett hin) Na? Und meene kleene Patientin? Ick
muss doch mal sehn kommen?

Frau Selicke (weinerlich): Ach Gott ja! Na, ich kann wohl schon sagen!

Kopelke (sie beruhigend): Ach wat, wissen Se! det ... det ... e ....

Walter (hat sich unterdessen mit seinem Hampelmann abgegeben, ihm die Zunge gezeigt, „Bah!" zu ihm gemacht und tänzelt nun mit ihm um den alten Kopelke rum, diesen unterbrechend): Olle Kopelke! Olle Kopelke!

Kopelke (sanft abwehrend): Ach, nich doch, Kind! det 's jo unjezogen! Du musst nich immer Olle Kopelke sagen! Det jeheert sick nich!

Walter (Rübchen schabend): Oh ...! Olle Kopelke! ...

Albert: Hörst Du denn nich, Du Schafskopp? Du sollst still sein!

Walter (den Ellbogen gegen ihn vor): Nanu? Du hast mir doch garnischt zu sagen?

Albert (holt mit der Hand aus).

Frau Selicke (mit dem Strickstrumpf, den sie unterdessen wieder aufgenommen hat, dazwischen): Nein! Nein! Nun sehn Sie doch blos! Die reinen Banditen! Das Kind! Das Kind! Nehmt doch wenigstens auf das Kind Rücksicht!

Albert (der sich achselzuckend wieder abgewandt hat): Natürlich! So is recht! Bestärk ihn man noch immer! Dem lässt Du ja Alles durchgehn! Der kann ja machen, was er will! Aus dem Bürschchen erziehst Du ja schon was Rechtes! Vater hat janz recht!

Frau Selicke: Nein! Nein! Nu hören Se doch blos! Und da soll man sich nich gleich schlagrührend ärgern?

Kopelke (zu Albert): Sachteken, werther junger

Herr, sachteken... (Zu Frau Selicke) Immer in Jiete. Mutter! Det ville Jehaue un det ville Jeschumpfe nutzt zu janischt. zu reenjanischt!... Ibrijens... (Er hat sich mitten in die Stube gestellt und schnuppert nun nach allen Seiten in der Luft rum)... wat ick doch jleich noch sagen wollte... det... det... riecht jo hier so anjenehm nach Kafffe?... Hm! Pf! Brrr!... Nee, dieset Schweinewetter?! Ick bin — wahhaftijen Jott — janz aus de Puste! (Er hat sich seinen grossen, dicken Wollshawl abgezerrt und schlenkert ihn nun nach allen Seiten um sich rum) Kopp weg! (Zu Walter, den er dabei getroffen hat) He? Wah det Deine Neese?

Walter (der sich den Schnee von den Backen wischt, vergnügt lachend): Hohohoo!

Albert (bereits äusserst ungeduldig, den Hut in der Hand): Na, jedenfalls ich jeh jetzt! Wir kommen ja sonst wahrhaftig noch zu spät!

Frau Selicke: Ja, ja! Macht man, dass Ihr fortkommt!

Kopelke (zu Albert): Aha! Wol zu Papa'n uft Contor?

Albert (ausweichend): Ach! ja! Das heisst.. e.. wir wollten so... blos 'n bischen vorbeijehn!

Kopelke (ihm mit einer Handbewegung gutmüthig zublinzelnd, verschmitzt): Weess schon! (Zu Frau Selicke, halb in's Ohr) Edewachten kenn ick doch?... (Wieder zu Albert) Na, denn... e... denn beeilen 'sick man! Sowat looft weg!

Albert: (schon unter der Thür stehend zu Walter, der sich eben seinen Hampelmann an die Jacke knöpft): Na, willste nu so jut sein oder nich?

Walter (giebt dem alten Kopelke die Hand): Atchee!

Kopelke: Atchee, mein Sohn, Atchee! Un jriess ooch Vatern!

Frau Selicke: Na, und die Stulle? (Reicht sie ihm noch schnell nach, Walter beisst sofort in sie hinein) Und dann, sagt, er soll gleich hierherkommen! Sagt. Toni is auch schon da! Wir warten schon!

Albert (hat die Thür bereits aufgeklinkt und macht nun zum alten Kopelke hin eine stumme, ceremonielle Verbeugung).

Kopelke: War mich sehr anjenehm, werther junger Herr! War mich sehr anjenehm! (Die Beiden verschwinden. Draussen im Entree schlägt Walter hin. Schreit. Albert: „Na, du Ochse!")

Frau Selicke: Ei Herrgott! Was is denn nu schon wieder . . . (Will auf die Corridorthür zu, draussen schlägt die Flurthür zu). Hach! Gott sei Dank, dass man die Gesellschaft endlich los ist!

Kopelke (sich die Hände reibend, schmunzelnd): Jo! Wahr is't! 'n bisken wiewe sind se! Abber — Jotteken doch! det is doch nu mal nich anders! det . . .

(Vom Bett her Geräusch und Husten.)

Frau Selicke (wirft ihr Strickzeug in das Kaffeegeschirr und eilt auf das Bett zu): Ach, nein! Ich sag schon! Nu haben sie ja das arme Kind glücklich wieder wachkrakehlt! . . . Na, mein liebes Herzchen? . . . Wie ist Dir, mein liebes Linchen, he? (Kleine Pause. Frau Selicke hatte sich übers Bett gebeugt, leises Stöhnen.) Hast Du Schmerzen, mein liebes Puttchen?

Linchen (feines, rührendes Stimmchen): Ma — ma — chen?

Frau Selicke: Ja, mein Herzchen? Hm?

Linchen: Ma — ma — chen?

Frau Selicke: Hast Du Appetit, mein Schäfchen? . . . Nein? Ach, Du mein Mäuschen!

Linchen: Ich — bin — so — müde . . .

Frau Selicke: Ach, mein Herzchen! Aber, nicht wahr? Du willst jetzt noch einnehmen?! Onkel Kopelke ist ja da!

Linchen: On — kel — Ko — pel — ke?

Kopelke (hat sein rothbaumwollenes Schnupftuch gezogen und schneuzt sich).

Frau Selicke (halb zu ihm zurückgewandt): Wollen Sie se mal sehn? Ich misch' solange die Tropfen! (Lässt ihn an's Kopfende treten und mischt während des Folgenden am Fussende des Bettes, auf dem Nachttischchen, die Medizin).

Kopelke (hat sich jetzt ebenfalls über das Bett gebeugt. Täppisch-zärtlich): Na, Lin'ken? Kennste mir noch? Ach Jotteken doch, die Aermken! Nich wah? Det — watt doch mal, Kind, 'n Oogenblickchen! — Det... thut doch nich weh?... Na, sehste!! Ick sag' ja! det... det is Allens man auswendig! Det 's janich so schlimm! Uf de Woche kannste all dreist widder ufstehn! Denn jehste for Mama'n bei'n Koofmann! Denn jehste mit ihr uf 'n Marcht! Inholen! He? Weesste noch? Uf 'n Pappelplatz? Der mit 't Schielooge? „Jungens." sag' ick, „Bande! Wehrt ihr wol det Meechen sind lassen?" Abber da!! Heidi! Wat haste, wat kannste!... Nich wah? Nu nehmste abber ooch sauber in? (Zu Frau Selicke, während er diese an's Bett treten lässt): Wat det Kind blos for'n Schwitz hat?!

Frau Selicke (besorgt): Ach Gott ja!

Kopelke (beruhigend): Abber det... e... wissen Se!... Det... det is immer so! Det is nu mal nich anders! Det... (Schneuzt sich abermals).

Frau Selicke (kommt mit dem Löffel): Na, Linchen? Ist Dir wieder besser?

Linchen: Ach — ich — will — nicht — einnehmen!
Frau Selicke: O ja. meine Kleine! Du willst doch wieder gesund werden!
Linchen: Es — schmeckt — so — bitter!
Frau Selicke: Nicht weinen, mein Schäfchen!... Komm!... Sonst zankt der Herr Doctor wieder! Nicht wahr. Onkel Kopelke?
Kopelke (eifrig nickend): Ja. ja, Kindken! Det muss nu mal so sind! Det jeheert sick!
Frau Selicke: Nicht wahr? Hörst Du? Komm mein Liebling! Ja?
Linchen: Es — schmeckt — so — bitter!
Frau Selicke: Aber nachher kannst Du ja wieder spazieren gehn. mein Mäuschen?! Und Emmchen zeigt Dir auch ihre Bilderbücher! Ja?... Komm!... Na, nu mach doch. Linchen!... Du musst doch aber auch folgen!... Gucke doch!... Ich verschütte ja das ganze Einnehmen?... (Sie hat ihr leise die Hand unter's Köpfchen geschoben).
Linchen: Au! Au!... Du — ziepst — mich!
Frau Selicke: Oh!.... Na so!.... Nicht wahr?... Fest! Drück' die Augen zu!... Schlucke! Tüchtig!... Siehst Du?... Nicht weinen. nicht weinen!... So! Nicht wahr? Nu is alles wieder gut! Nu is alles vorbei!
Linchen (dreht sich jetzt unruhig in ihren Kissen rum und hustet gequält).
Frau Selicke: Mein armes. armes Herzchen! Der alte. böse Husten!... So!... Nu rücken wir blos noch 'n bischen das Kissen höher, nicht wahr? und dann schläfst Du schön wieder ein! (Bückt sich über sie und küsst sie.) Ach. Du mein süsses Puttchen! (Nachdem sie den Wandschirm

jetzt noch näher an's Bett gerückt, zum alten Kopelke) Ach, Gott nein! Nu sagen Se doch blos? Muss man da nich rein verzweifeln? Das geht nu schon Tage lang so! Sie wacht geradezu nur noch auf Minuten auf!

Kopelke (die Hände in den Taschen seiner Joppe, nachdenklich vor sich hin): Hm!...

Frau Selicke: Und aus dem Doctor wird man auch nicht mehr klug! Der sagt einem ja nichts! Der kommt kaum noch! Und... und... na ja, wenn wir Sie nicht noch hätten...

Kopelke (leichthin): Jo!... na!... Wissen Se: det kommt jo bei mir nich so druf an! (Begütigend) det verseimt mir jo weiter nich! det's jo man immer so in Vorbeijehn! det — ach wat! det hat jo janischt zu sagen! det's jo Mumpitz!!.... Abber det, wissen Se, det mit die Docters, verstehn Se, da hab'n Se eejentlich wol nich so janz Unrecht! Ick... nu ja! Se wissen ja! Ick bin man sozusagen 'n janz eenfacher Mann... Abber det kann 'k Ihn' versichern: jeholfen hab 'k schon manchen!..... Jott! Ick kennt jo wat bei verdienen! Wat meen'n Se woll! Abber sehn Se... will 'k denn? Ick ... nu ja! Ick bin nu mal so! (eifrig) Wissen Se? de Hauptsach' is jetz': man immer scheen warm halten! det Ibrije, verstehn Se, det Ibrije jiebt sick denn janz von alleene! Janz von alleene! Ick sag: man blos nich immer so ville mang der Natur fuschen, sag ick!... Det mit die olle Medizin da zun Beispiel...

(Es klopft an Wendts Thür.)

Frau Selicke: Bitte, Herr Wendt, bitte! Treten Sie nur ein!

Wendt (ist mehr als mittelgross und sehr schlank. Feine, bleiche Gesichtszüge, das halblange, schwarze

Haar einfach hinten übergekämmt. Dunkle, peinlich saubere Kleidung, kein Pastoralschnitt. Die Thür hinter sich schliessend zu Frau Selicke): Verzeihen Sie! Ich dachte ... (Zum alten Kopelke, ihm die Hand reichend) Ah! 'n Abend, Herr Kopelke! Wie geht's?

Kopelke (geschmeichelt): 'n Abend, werther junger Herr! Och, ick danke! Immer noch uf een langet un een kurzet Been! ... Is mich sehr anjenehm ... is mich sehr anjenehm ... (Hört nicht auf, Wendt's Hand zu schütteln).

Wendt (zu Frau Selicke rüber): Fräulein Toni wollte doch heute etwas früher kommen?

Frau Selicke (die Achseln zuckend): Ja! Na — Sie wissen ja! Wie das so is!

Kopelke (Wendt zublinzelnd und ihm scherzhaft mit dem Finger drohend): Freilein Toni? Na, wachten Se man, Sie kleener Scheeker! ... Frau Selicken? Ick sage: passen Se mir ja uf die beeden jungen Leite uf! (Wieder zu Wendt) Det is mich doch schon lange so? ... he? Sie?

Frau Selicke (lächelnd): Ach, lieber Gott, ja!

Wendt (der ebenfalls gelächelt hat, zum alten Kopelke): Na, aber Scherz bei Seite! Ich wollte ihr mal — da sehn Sie mal! — das da zeigen! (Er hat ein grosses, zusammengeknifftes Papier aus der inneren Brusttasche gezogen und es dem alten Kopelke überreicht).

Kopelke: Oh! ... He! ... Na — ick ... e .. Se meen'n, ick soll det hier — lesen, meen'n Se?

Wendt (aufmunternd): Gewiss, gewiss, Herr Kopelke! Ich bitte Sie sogar darum!

Kopelke: Oh! ... He! ... Na, ick — bin so frei! (Ist mit dem Papier zur Lampe getreten. Zu Frau Selicke) Man ... e ... Hab'n Se da nich wo Ihre Brille, Frau Selicken?

Frau Selicke (umhersuchend): Meine Brille? Ach Gott ja! ich . . .
Kopelke: Lassen Se man. ick hab ihr schon! (Setzt sie sich auf.) So! Na! Nu kann't losjehn! (Hat das Papier sorgfältig entfaltet und liest es nun, die Arme weit von sich weg. Nach einer kleinen Pause, über die Brille zu Wendt hinüber schielend): Nanu?
Wendt (der ihn lächelnd beobachtet): Na?
Frau Selicke (neugierig): Was denn?
Wendt (lächelnd): Ja, ja, Frau Selicke!
Frau Selicke (wie ungläubig): Ach?
Kopelke (hat das Papier unterdessen wieder sorgfältig zusammengefaltet und giebt es nun wieder an Wendt zurück. In komischem Pathos): Nee, wissen Se! Det kennen Se von mir nich verlangen! Dazu jratulieren Se sick man alleene!
Wendt (lachend, das Papier wieder einsteckend): Na, na!
Frau Selicke (zum alten Kopelke): Was denn? Was denn. Herr Kopelke?
Kopelke (zu Frau Selicke, komisch): Paster! Landpaster! Mit'ne Bienenzucht un 'ne lange Feife! (Wieder zu Wendt) Nee, wissen Se! Da kennen Se sagen. wat Se wollen, verstehn Se, abber for die Brieder sind Se ville zu schade!
Frau Selicke (die Hände zusammenschlagend): Aber Herr Kopelke?!
Kopelke: Ach wat! (Hat sich wieder sein Schnupftuch hervorgezogen und schneuzt sich.)
Wendt (ihm vergnügt auf die Schulter klopfend): Na, lassen Sie man! 'n hübsches Weihnachtsgeschenk bleibt's doch! Was, Frau Selicke?
Frau Selicke (immer noch ganz erstaunt): Ach, nein! . . . . . wahrhaftig? Also Sie sollen jetzt wirklich Pastor werden?

Wendt: Nun ja! Und ... wie Sie sehn! Ich freue mich sogar von Herzen drüber!

Frau Selicke: Ach ja! Und Sie waren ja auch immer so fleissig! Ich habe Sie wahrhaftig manchmal recht bedauert! Wenn ich so denke, so die ganzen letzten Wochen, Tag und Nacht, immer hinter den Büchern ...

Wendt: Ach, ich bitte Sie! Was hing aber auch nicht alles davon ab? Alles! Alles! Geradezu Alles! — Und dann, was ich Ihnen noch gleich sagen muss, ich reise jetzt natürlich nicht erst Drittfeiertag, sondern schon morgen!

Frau Selicke: Schon morgen?

Wendt: Ja! Na, die Sachen sind ja schon alle so gut wie gepackt, und ... e ... aber ich vergesse ganz! (Zum alten Kopelke): Sie sprachen vorhin von Linchen?

Kopelke: Ick? Nu ja! Ick .. det heest .. ick .. e ... (sieht zu Frau Selicke hinüber).

Frau Selicke: Aber setzen Sie sich doch, Herr Kopelke! Woll'n Se sich nicht setzen? Ich mach' Ihnen noch schnell 'ne Tasse Kaffee!

Kopelke (zu Wendt): Hm ... ja ... sehn Se, ick ... (Plötzlich zu Frau Selicke): 'ne Tasse Kafffe? (In sich hineinschmunzelnd, sich vergnügt die Hände reibend): Hm! ... 'ne Tasse Kaffe is jo wat sehr wat Scheenet! Wat sehr wat Scheenet! ... Abber ... Nee, Frau Selicken! Nee! Heite nich! Det verlohnt sick nich! Wahrhaftijen Jott! Abber ick muss heite noch unjelogen hinten in de Druckerei! ... Se wissen ja! Det mit die ollen, deemlichen Krankenkassen! ...

Frau Selicke (nach der Küche hin): Na, denn werd' ich wenigstens noch'n paar Kohlen unterlegen! (Mit einem Blick auf die Uhr): Toni muss ja jeden Augenblick kommen! (Verschwindet durch die Küchenthür, hinter der bald darauf Licht aufblitzt). 'n Augenblickchen!

Kopelke (mit krummgezogenem Puckel, sich schmunzelnd die Hände reibend): Scheeniken! Scheeniken!

Wendt (langt seine Cigarrentasche vor): Aber ich darf Ihnen doch wenigstens 'ne Cigarre anbieten?

Kopelke: Oh! ... He! ... Na! Ick bin so frei, von Ihr jietijet Anersuchen — mbf! — Jebrauch zumachen. werther. junger Herr! Abber .. e ... (winkt Wendt zu sich heran; dieser beugt sich ein wenig zu ihm hin, Kopelke hält ihm die hohle Hand an's Ohr) . . ick meen' man! Ick beraube Ihnen!

Wendt: O. ich bitte Sie!

Kopelke: Na. wissen Se! So'n junger Student hat det ooch nich immer so dicke! .. Na, ick meen' man!

Wendt: Junger Student?! Oho!

Kopelke: Ach so! (Blinzelt ihm zu). Na! Ibrijens bin ick darin durchaus keen Unmensch! (Kneift sich mit den Fingernägeln die Spitze von der Cigarre und bückt sich über die Lampe). Abber .. nee, wissen Se! (Mit einem Blick zum Bett hin) Ick weer' ihr man doch lieber draussen roochen! Se nehmen mir det doch nich iebel?

Wendt: Bewahre. Herr Kopelke! Im Gegentheil! Hier hätten Sie sie ja doch so wie so nicht rauchen können! Selbstverständlich!

Kopelke: Ja, un denn — na ja! wat ick also noch sagen wollte! .. Se meen'n mit det Kind. meen'n Se?

Wendt: Ja! Ich ... e ... Sie können sich ja denken, wie mich das unmöglich gleichgültig lassen kann! ... Der Arzt scheint sich ja. wenigstens so viel ich darüber weiss. überhaupt nicht äussern zu wollen ...

Kopelke (klopft sich mit der Cigarre auf dem Daumen herum): Ja. wissen Se! Offen jestanden! Abber det kann ick den Mann eejentlich janich verdenken! Denn. Se könn'n sagen. wat Se wollen — ick bin man sozusagen 'n janz eenfacher Mann. verstehn Se! Abber det kann 'k Ihn'n sagen: mit det Kind is't retour jejangen! Schon wenn se een'n immer so anseht, verstehn Se! — wahhaft'jen Jott. abber so wat kann eenen durch un durch jehn!

Wendt (finster): Hm ... Also Sie meinen, dass wirklich Gefahr vorliegt?

Kopelke (ausweichend): Jott! det nu jrade! Det will ick nu jrade nich jesagt haben! Abber. wie det so is. verstehn Se! Et mangelt hier den Leiten an't Neethichste. wissen Se! (Macht die Bewegung des Geldzählens). Die kennen ooch man nich immer so wie se wollen!

Wendt (geht erregt ein paar Mal auf und ab): Ach Gott. ja! .... Na! Es wird ja mal .... anders werden!

Kopelke: Ja! Wenn eener immer ville Jeld hat. wissen Se. denn mag't ja wol noch jehn! Ja! Det liebe Jeld! ... Nehm'n Se mir mal zun Beispiel! Ick wah ooch nich uf'n Kopp jefallen als Junge! Ick wah immer der Erste in de Schule! Wat meen'n Se woll?! .. Abber de Umstände. wissen Se! de Umstände! Et half nischt! Vater liess mir Schuster weer'n! ... Freilich. mit die Schusterei is det nu ooch nischt mehr heitzudage! Die ollen Fabriken. wissen Se! Die ollen Fabriken rujeniren den kleenen Mann! ... Sehn Se! So bin ick eejentlich. wat man so 'ne verfehlte Existenz nennt! Nu bin ick sozusagen allens un janischt! ... Ja! ... Da bring 'k mal een'n durch'n Prozess. da wird mal'n bisken jeschustert, dann mal mit de Homöopathie und denn mit det

Silewettenschneidern, wie det jrade so kommt, verstehn Se! Ja!... Freilich! Se haben alle nischt, die armen Deibels. den'n ick....
(Die Uhr schlägt sechs.)
Wat?! Sechsen schon?! Hurrjott!... (Wickelt sich schnell den Shawl um)... den'n ick jeholfen hab', meen' ick!... (Umhersehend): Hanschuh'n hat ick ja wol zufällig keene jehabt?... Na. abber man krepelt sick so durch! (Wendt's Hand schüttelnd): Wah mich sehr anjenehm, werther junger Herr. wah mich sehr anjenehm!.....
Dunnerwettstock. det wird ja die allerheechste Eisenbahn! (Macht ein paar eilige Schritte auf die Corridorthür zu, besinnt sich dann aber wieder und kehrt um): Na. ick kann ja denn ooch man jleich hinten rum! (Schon in der Küchenthür): Un denn, det ick det nich verjesse: Verjniegte Feierdage! Morjen frieh seh ick Ihn' doch noch?

Wendt: O, danke, danke! Natürlich!

Kopelke: Scheeniken! Atchee! (Klinkt die Küchenthür auf). 'n Abend, Frau Selicken!

Frau Selicke (hinter der Scene in der Küche): Was? Sie wollen schon gehn?

Kopelke (während er die Küchenthür wieder hinter sich zudrückt): Na, wat meen'n Se woll?...

Wendt (einen Augenblick allein. Sieht sich zuerst aufathmend im Zimmer um und tritt dann vorsichtig an das Bett Linchens. Eine kleine Weile beobachtet er sie, dann klingelt es plötzlich im Corridor und er geht hastig aufmachen): Ah, endlich!

Toni (tritt ein. Sie trägt ein grosses, in ein schwarzes Tuch eingeschlagenes Bündel vor sich her. — Sie ist mittelgross, schlank, aber nicht schwächlich. Blond. Schlichter, ein wenig ernster Gesichtsausdruck. Einfaches, dunkles Kleid, langer, braungelber Herbstmantel. Schwarze, gestrickte Wollhandschuhe).

Wendt (mit ihr zugleich eintretend und nach dem Bündel fassend): Geben Sie!

Toni (abwehrend): Ach, lassen Sie ... ich kann ja ...

Wendt (nimmt ihr das Packet ab): Geben Sie doch! (Indem er es auf's Sopha trägt). Und das haben Sie vom Alexanderplatz bis hierher getragen?

Toni (sich die Handschuhe ausziehend, nickt lächelnd. Etwas scherzhaft-wichtig): Getragen! Ja!

Wendt: Bei der ...?

Toni: Nun — ja! Es war etwas unbequem bei der Kälte! (Hat die Handschuhe auf den Tisch zwischen das Kaffeezeug gelegt und tritt nun, indem sie sich ihren Mantel aufknöpft, an das Bett Linchens) Sie schläft? Ach, das arme Puttelchen! (Ist wieder etwas zurückgetreten). Aber ... nein! Ich will doch erst lieber .. ich habe die Kälte noch so in den Kleidern! (Zu Wendt, der ihr jetzt behilflich ist, den Mantel abzulegen). Danke, danke schön, Herr Wendt! Wollen Sie so gut sein, da an den Nagel? (Reicht ihm auch noch ihren Hut hin und stellt sich nun an den Ofen). Ach, ist der schön

Wendt (der unterdessen Hut und Mantel an die kleine Kleiderknagge zwischen der Korridorthür und dem Wandschirm gehängt hat): Wissen Sie auch, Fräulein Toni, dass ich heute schon auf Sie gewartet habe?

Toni: Ach nein! Wirklich? Auf mich?

Wendt (hat sich, die Arme gekreuzt, mit dem Rücken gegen den Tisch, ihr gegenüber gestellt, aber so, dass das Licht der Lampe noch auf sie fällt): Ja Und ... na? Rathen Sie mal, weshalb.

Toni (lächelnd): Ach, das rath' ich ja doch nicht! Sagen Sie's mir lieber!

Wendt: Ja? Soll ich's sagen?

Toni: Ja!

Wendt (zieht sich wieder das Papier aus der Tasche und reicht es ihr): Na . . . da! Lesen Sie mal!

Toni: Was denn? (Sie hat sich, noch immer am Ofen, mit dem Papier etwas gegen die Lampe gebückt und liest nun): Ah! Grade heute zum heil'gen Abend! (hat das Papier sinken lassen und sieht einen kleinen Augenblick in die Lampe. Langsam, leise): Ja! Das ist ja recht schön! Da können Sie sich recht freuen!

Wendt: Nicht wahr?

Frau Selicke (aus der Küche, deren Thür sie eben aufgemacht hat): Toni? Wo bleibst Du denn so lange? (Mit einem Blick auf das Bündel auf dem Sopha) Ach, Du hast wieder . . . Armes Mädchen! . . . Wart'! Ich bring Dir gleich noch 'n bischen heissen Kaffee! (Sie will wieder in die Küche zurück.)

Toni (die unterdessen das Papier auf den Tisch gelegt hat, auf sie zutretend): Mutterchen?! — Wart' mal! . . . Hier! (Man hört Geld klappern.) Eins — zwei — drei . . .

Frau Selicke: Ach. Gott ja! .. Das liebe Bischen! . . . das wird wieder weg sein. man weiss nicht, wie!

Toni: Ist denn der Arzt dagewesen?

Frau Selicke: Ach. nein! Du weisst ja! Der alte Kopelke!

Toni: So? Was sagt er denn?

Frau Selicke: Bist Du ihm nicht unten begegnet? Er sagt . . . (zuckt die Achseln) nichts Bestimmtes! Man wird ja aus keinem Menschen mehr klug! Ach Gott! Ich hab' so eine Ahnung! Du sollst sehn: wir behalten sie nicht! (Schluchzt.)

Toni (tröstend): Ach Gott! Mutterchen! (Nach einer Weile). Ist denn der Vater noch nicht da?

Frau Selicke: Ach. der!

Toni (abermals nach einer kleinen Pause): Und die Jungens?

Frau Selicke: I! die wollten 'n vom Komptoir abholen! Aber die treiben sich ja doch wieder auf dem Markt rum. die Schlingels! Das is ja doch die Hauptsache! Die können 's auch nich satt kriegen! ... Na. ich will nun ... Du bist ja ganz durchfroren! (Geht wieder in die Küche zurück).

Toni (die wieder zum Ofen getreten ist): Dann. . . . dann reisen Sie nun wohl bald?

Wendt (der unterdessen an's Fenster getreten war und die ganze Zeit über auf den Hof hinab gesehn hatte. Er hat sich wieder umgedreht und sieht nun, sich mit den Händen hinten aufs Fensterbrett stützend, wieder zu Toni hinüber): Ja! Morgen!

Toni (leicht erschreckt): Morgen schon?

Wendt: Ja!

Toni (nach einer kleinen Pause): Ach. die Handschuhe! (Holt sie sich und tritt mit ihnen an das kleine Tischchen links, in dessen Schublade sie sie hineinthut. Lächelnd): Sehn Sie mal! Da hat er wieder den Spiegel neben's Bauer gestellt . . . . Der Vogel soll denken. es is noch 'n andrer da. mit dem er sich unterhalten kann . . . . Der Vater spricht mit dem Vogel, als wenn er ein Mensch wär'!

Wendt (ist vom Fenster weggetreten und steckt sich nun das Papier vom Tisch wieder in seine Rocktasche): Ja! ja! ...

Toni: Hm? ... Mätzchen! Mätzchen! ... Ordentlich zärtlich ist er mit ihm! Der Vater ist ein grosser Thierfreund!

Wendt (der unterdess auf sein Zimmer links im Vordergrund zugegangen ist, sieht ihr, die Hand auf der

Klinke einen Augenblick lang unentschlossen zu. Zögernd): Ja! Ich . . . .

Toni (ihn unterbrechend): Ach, sagen Sie doch! Wie spät ist's denn? (Mit einem Blick auf den Regulator) der kann doch unmöglich richtig gehn?

Wendt (der jetzt die Thür aufgeklinkt hat): Etwas nach Sechs!

Toni: Nach Sechs? Da müsste er doch nun . . . (Seufzt.)

(Wendt geht langsam in sein Zimmer. — Toni, die ihm nachgesehn hat, bleibt einen Augenblick in Gedanken stehen, seufzt und geht wieder auf den Sophatisch zu. Sie nimmt das Bündel auf den Teppich runter und knotet es auf. Frau Selicke kommt mit dem Kaffee.)

Frau Selicke: Hier! Nu trink erst! (Setzt die Kanne auf den Tisch.)

Toni (die sich vor dem geöffneten Bündel auf dem Teppich niedergekauert hat): Ja! Gleich!

Frau Selicke (hat sich leicht auf den Sophatisch gestützt und sieht ihr zu): Mäntel? . . . Da kannst Du wieder die ganzen paar Feiertage sitzen! Ach ja! Du hast doch auch gar nichts von Deinem Leben!

Toni (immer noch mit dem Ordnen der Zeugstücke beschäftigt): Na! 's ist doch wenigstens ein kleiner Nebenverdienst!

Frau Selicke (aufseufzend): Ach ja, ja!

Toni: Aber ein Leben auf den Strassen? Kaum zum Durchkommen!

Frau Selicke (nickend): Das glaub ich! . . . Du wirst Dich schön haben schleppen müssen mit dem alten Bündel! Bist Du denn nich wenigstens ein Stück mit der Pferdebahn gefahren?

Toni: Ach, Alles voll! Alles voll! Da war gar nicht anzukommen!

Frau Selicke (ihr die Tasse zuschiebend): Aber Du trinkst ja gar nicht! Trink doch erst!
Toni: Ja! (Erhebt sich und schenkt sich den Kaffee ein. Ihn schlürfend, von der Tasse zu Frau Selicke aufsehend): Schön warm!
Frau Selicke: Bist Du der Mohr'n vorhin begegnet?
Toni: Ja, auf der Treppe! Sie hielt mich an!
Frau Selicke: Sie wollte wieder mal horchen? Nicht wahr?
Toni: Ja! ... Sie fing natürlich von Linchen an! Und, was wir diesmal für'n schlechtes Weihnachten durchzumachen hätten und so, na Du weisst ja!
(Sie bückt sich wieder zu ihren Mänteln.)
Frau Selicke: Nein, solche Menschen! Um was die sich nich alles kümmern!
Toni: Na, von mir bekommt sie nichts raus!
Frau Selicke: Die mögen schön über uns schwatzen! .... Solche Menschen! Die sollten sich doch lieber an ihre eigene Nase fassen! Die! Die trinkt Bier wie'n Kerl! Den richtigen Bierhusten hat sie schon! Hast Du noch nicht gemerkt?
Toni: Na, ja! Lass doch man, Mutterchen! Lass sie alle machen, was sie wollen! Sie geben uns ja doch nichts dazu! (Ist aufgestanden und steht nun, die Hände unter der Tischplatte, da.) Rück doch mal'n bischen den Tisch! Ich möchte mir da die Mäntel zurecht legen! (Frau Selicke hilft ihr.) Der Vater kann doch jetzt unmöglich mehr auf dem Komptoir sein?
Frau Selicke (hat vom Tisch wieder ihren Strickstrumpf aufgenommen und sich die Brille aufgesetzt. Vom Stuhl vor dem Bette Linchens her): I, ich dachte gar! ... wer weiss, wo der jetzt wieder steckt!

Toni (hinter dem Tisch, auf dem Sopha die Zeugstücke ordnend): Na, er wird auf dem Weihnachtsmarkt sein und ein bischen etwas einkaufen, für Linchen!
Frau Selicke: I, jawohl doch! Und .... du lieber Gott, was soll nicht alles von den paar Groschen bezahlt werden! Wer weiss übrigens, ob er diesmal so viel zu Weihnachten kriegt wie sonst! .... Er thut wenigstens so! .... Das heisst, auf den kann man sich ja nie verlassen! Der sagt einem ja nie die Wahrheit! .... Andre Männer theilen ihren Frauen alles mit und berathen sich, wie's am besten geht, aber unsereiner wird ja für garnichts ästimirt! Der weiss ja alles besser! ... Nein, so ein trauriges Familienleben, wie bei uns. ... Pass mal auf: Der hat heute wieder ein paar Pfennige Geld in der Tasche und kömmt nu vor morgen früh nich nach Hause!
Toni: Na, ich dachte gar! ... das wäre doch! ... Heute!
Frau Selicke: Na, Du wirst ja sehn! Vergang'ne Nacht hat mir wieder mal von Pflaumen geträumt, und dann kann ich jedesmal Gift darauf nehmen, dass es Skandal giebt!
Toni: Ach Gott! darauf kann man doch aber nichts geben!
Frau Selicke: Na, pass auf! Meine Ahnungen trügen mich nie!
Toni: Aber wie kann man blos so abergläubisch sein, Mutterchen!
Frau Selicke: Abergläubisch? Nein, gar nicht! Ich bin garnicht abergläubisch! Aber es ist doch komisch, dass es bis jetzt jedesmal eingetroffen ist!
Toni: Ach, Mutterchen!
Frau Selicke: Nein, nein! Du sollst sehn! Ich kann mich heilig drauf verlassen! (weinerlich) Pass mal auf! Pass mal auf!

Toni: Ach siehst Du. Mutterchen! Wenn Du Dich vorher schon immer so ängstlich machst. dann ist es ja gar kein Wunder!... Mach's wie ich! Lass ihn kommen! Widersprich ihm mit keinem Worte!... Lass ihn räsonniren soviel wie er will! Einmal muss er. dann doch aufhören und durch sein Räsonniren wird's ja doch nicht besser.

Frau Selicke: Ach Gott ja! Eigentlich ist's auch wahr! Man müsste garnich drauf hören! Wenn ich nur nich so nervös wäre! Wenn ich ihn dann aber so sehe. in seinem Zustande, und er kommt dann auch noch mit seinen Ungerechtigkeiten, dann kann ich mich nich halten!... Es is mir rein unmöglich !... Dann läuft mir jedesmal die Galle über!

Toni: Siehst Du! Aber grade dadurch wird es immer erst schlimm! Lass ihn schimpfen. die Augen rollen, Fäuste machen: Du musst es gar nicht beachten! Schliesslich thut er ja doch nichts! ... Siehst Du. Du musst mich nicht falsch verstehn! aber ich glaube. Du hast ihn von Anfang an nicht recht zu behandeln gewusst. Mutterchen!

Frau Selicke: Ja! 's is auch wahr!... Er hätte nur so eine recht resolute haben sollen!

Toni: Ach. nein! So meinte ich's nicht!... Ach!

Frau Selicke: Nein! 's is ja wirklich wahr!... Da soll man sich nu nich empören!... Hier liegt das arme Kind krank. man weiss nich vor Sorgen wohin? Andre Leute freuen sich heute, und wir... Na! Und dann soll man ihm auch noch freundlich entgegenkommen?... Das kann ich einfach nicht! Das kann ich nicht!!...

Toni (seufzend): Aber dann würde er sicher anders sein. wenn Du Dich ein bischen zwängst. Mutterchen!... Er ist ja im Grunde eigentlich gar nicht so schlimm, wie er thut!

Frau Selicke: Er hat mich die ganzen Jahre her zu schlecht behandelt! Ich kann mich nicht überwinden, freundlich mit ihm zu sein!

Toni: Ach ja, ja! (Kleine Pause. Holt aus dem Tischchen links ihr Nähzeug vor, setzt sich einen Stuhl an den Sophatisch und beginnt zu nähen.)

Frau Selicke: Willst Du heute noch nähen?

Toni: Ja, ein bischen!

Frau Selicke: Ach! Das ist nun Heiligabend! Das sind Festtage!... So ein trauriges Weihnachten haben wir wirklich noch nie gehabt!

Toni: Na! Eine kleine Freude macht er Linchen und den Jungens doch! Und wir Andern? Liebe Zeit!...

Frau Selicke (gähnt): Ach, bin ich — müde!... Nächtelang hat man kein Auge zugethan und mein Fuss thut auch wieder so weh....

Toni: Ja! Leg Dich ein bischen hin, Mutterchen! Du strengst Dich überhaupt viel zu sehr an! Das solltest Du gar nicht!

Frau Selicke: Ja, ja! Du hast eigentlich auch recht! Ich will mich 'n bischen schlafen legen! (Zum Bett hin.) Ach, mein Mäuschen! (Ist aufgestanden, hat ihr Strickzeug zusammengewickelt und es mit der Brille auf den Tisch gelegt.) Heute Nacht hat man ja doch wieder keine Ruhe! Das weiss ich schon! Ach ja!... (Gähnt. Schon in der Kammerthür.) Ja, und nun geht Herr Wendt auch schon zu den Feiertagen, und eh' man dann wieder 'n Miether kriegt!.... Ach Gott ja!... Na!... (Verschwindet in der Kammer.)

Toni (über ihre Arbeit gebückt, allein. Pause. Ab und zu seufzt sie. Fernes Glockengeläute, das eine Zeit lang während des Folgenden fortdauert. — Es klopft an Wendt's Thür. Toni zuckt leicht zusammen. Dann): Herein?

Wendt (tritt ein): Störe ich?

Toni: O nein! ... Wünschen Sie etwas?

Wendt (zum Tisch tretend): Ich? ... Nein! (Sieht ihr einen Augenblick zu.) Sie arbeiten heute noch?

Toni: Ja! 's hilft nicht! Ich muss in den Feiertagen damit fertig werden!

Wendt: In den Feiertagen? ... Mit ... mit all den Mänteln da?

Toni (lächelnd): Ja! Ein tüchtiges Stück Arbeit ist es! .. Hören Sie? Die schönen Weihnachtsglocken!

Wendt (während er sich ebenfalls einen Stuhl holt und diesen neben den Toni's stellt): Ja! Die Weihnachtsglocken! Die Weihnachtsglocken!

Toni: Hören Sie das Glockengeläute nicht gern?

Wendt: Die Berliner Glocken sind schrecklich! So eilig! So ... so ... eh! (macht eine Handbewegung.)

Toni: Wie?

Wendt: Ach! So — nervös. mein' ich!

Toni: Nervös? Ach!

Wendt: Nein! Ich höre die Glocken hier nicht gern!

Toni: Sie wollen doch aber nun Pastor werden?

Wendt: Ja!

Toni: Zu Weihnachten klingen sie immer schön, find' ich! ... Als ich noch ganz klein war, ging der Vater mit uns am ersten Feiertag Morgen in die Christmette. Ganz früh. Wir wurden dann tüchtig eingemummelt und jedes hatte ein kleines Wachsstöckchen. Das wurde in der Kirche angezündet, und wenn wir dann wieder

nach Hause kamen, kriegten wir bescheert. Ich muss immer daran denken, wenn ich hier zu Weihnachten die Glocken höre! ... Freilich, so schön klingen sie nicht, wie bei uns zu Hause!
(Kleine Pause. Man hört nur ein wenig stärker und näher das Geläute).
Wendt (ein wenig erregt): Ach ja! Das ... damals ... damals waren sie ... Weihnachten war schöner damals! ... Hm! — (Beugt sich zu ihr hin, ohne sie anzusehen.) Toni! Sagen Sie mal!
Toni: Wie?
Wendt: Ich meine ... hm! Ja! Ich musste — nur eben wieder daran denken — dass ich nun morgen, morgen schon von hier fortgehe!
Toni (ohne aufzusehn): Ja! Sie bekommen ja nun — eine Stellung!
Wendt: Eine Stellung! (Sich zurücklehnend) Komme nun, sozusagen, in geordnete, bürgerliche Verhältnisse. Ja! Eine Landpfarre!
Toni: Aufs Land kommen Sie?
Wendt: Ja, aufs Land! Aufs Land!
Toni: Ach, das muss Ihnen gewiss recht angenehm sein! Es hat Ihnen ja so wie so nicht mehr recht hier in der Grossstadt gefallen!
Wendt: Ja, man lernt hier so viel kennen! ... Aber nun! Landpastor also! ... Eine lange Pfeife, wie der Herr Kopelke sagt, eine Bienenzüchterei und ... und ... hahaha!
Toni (sieht auf): Sie sagen das so sonderbar! Sind Sie mit Ihrer Stellung nicht zufrieden?
Wendt: Ach das ... das ist ja gleichgültig!
Toni: Gleichgültig?
Wendt: Ach das ... Es könnte freilich — unter Umständen — recht schön sein! (Sieht Toni plötzlich voll an, diese bückt sich noch tiefer über ihre

Arbeit.) Aber ich wollte ja ... Ich meinte ... (er beugt sich wieder zu ihr hin.) Alle die Mäntel müssen Sie nun also in den — Feiertagen nähen?

Toni (leise, ernst): Ja! Es macht freilich so mehr Mühe mit der Hand! Aber mit der Nähmaschine geht's jetzt nicht, wo Linchen krank ist. (Pause). Ja, das wird nun ...

Wendt: Wie meinen Sie?

Toni: Zwei Jahre haben ... Sie nun ... hier gewohnt!

Wendt: Aber die Handarbeit ... das fortwährende Nähen muss doch Ihre Gesundheit sehr angreifen!

Toni (mit einem Lächeln): Ach, ich bin nicht schwächlich! Man muss nur Ausdauer und ein bischen Geduld haben.

Wendt: Geduld ... Ja! Toni! Ich wollte Sie nun etwas fragen! ... Ich habe schon einmal ... Sie nahmen's damals für Scherz ... und ich sah damals auch ein, dass ich noch kein Recht hatte ..: Aber jetzt kann ich Sie ja mit mehr Recht fragen ... Jetzt wo ich in — geordnete Verhältnisse komme! Ich meine ... wollen ... wollen Sie mir auf meine — Landpfarre folgen? (Das Geläute hört auf.)

Toni: Sie ... ob ich — Ihnen ...

Wendt: Ja! Ob Sie mir jetzt folgen wollen?

Toni: Ach ... (Sie bricht in Thränen aus.)

Wendt: Sie weinen?!

Toni: Warum ... Das ist — nicht Recht von Ihnen, dass Sie wieder davon — sprechen!

Wendt: Nicht Recht?! ... Warum?! ... Toni! Jetzt?

Toni: Das — geht ja doch nicht! Das geht ja doch nicht!
Wendt: Das — geht nicht?!
Toni: Nein! ... Ach Gott!
Wendt: Aber warum denn nicht?
Toni: Ach Gott!
Wendt: Es geht Toni! Jetzt geht es! .. Wissen Sie: in diesen Tagen fand ich hier ein Buch!
Toni: Ein ... ein Buch?
Wendt: Ein einfaches Büchelchen! ... Zwei Bogen gelbes Conceptpapier in ein Stück blaue Pappe geheftet. Mit solchem weissen Zwirn da! Jemand hatte es hier liegen lassen, aus Versehen!
Toni (sehr verwirrt): Ein ... das ...
Wendt: Ich habe darin gelesen! ... Es waren allerlei Notizen darin! Tagebuchnotizen! Selbstbekenntnisse, die Eine für sich gemacht hatte, die immer so still und bescheiden ist, alles mit sich selbst im stillen abmacht und auskämpft! ...
Toni (weint heftiger): Ach! ... Warum haben Sie darin gelesen?
Wendt (rückt näher zu ihr und sucht ihr in's Gesicht zu sehen): Ich war sehr, sehr glücklich, als ich das Alles las!
Toni: Ach! Ich ... aber ich darf doch hier nicht fort!
Wendt: Du darfst nicht?! Toni! Bist Du ... ich meine: Kannst Du's hier — aushalten?! Bist Du hier glücklich?!
Toni (immer noch weinend): O Gott! O Gott!
Wendt (sehr erregt): Nein! Nein! Das ist unmöglich, Toni! ... Ich habe vorhin, drin in meinem Zimmer, gehört, was Du mit Deiner Mutter

sprachst! Ich habe mehr als zwei Jahre hier gewohnt und alle die Scenen mit angehört, die furchtbaren Scenen! ... Ich habe Euer ganzes, unglückliches Familienleben kennen gelernt! Zwei Jahre lang hab' ich das Alles gehört und gesehen! Zwei Jahre lang! Und es hat mich ... (Stöhnt auf.) Und Du! Wenn man denken muss: zweiundzwanzig Jahre hast Du in alle dem Elend gelebt und hast es ertragen müssen! Zweiundzwanzig Jahre! ... Herr mein Gott! Zweiundzwanzig Jahre! ...

Toni (verlegen — trotzig): O. der Vater ist gut ... ein bischen aufbrausend, aber ... Ach Gott! (Schluchzt.)

Wendt (verbittert): Gut! Gut! (Lacht auf. zornig.) Nein! Nein! Du darfst nicht länger bleiben! Du darfst nicht länger in diesem traurigen Elend leben! Hörst Du! Du verdienst das nicht! Du passt nicht hierher!

Toni: Aber ich ...

Wendt: Hast Du denn gar kein Bedürfniss nach Glück?!

Toni (schüchtern. forschend): Glück?! Ich — weiss nicht! ... Ich — verstehe Sie nicht!

Wendt: Ach, ich spreche da! Ich ... ich meine: hast Du denn nicht manchmal den Wunsch gehabt, hier wegzukommen, in ruhige, schöne Verhältnisse? Wo Du nicht Tag für Tag — Herrgott! — Tag für Tag! all das Elend hier vor Augen hast? Wie?

Toni: Aber ...

Wendt (leise, etwas höhnisch): Ich habe auch davon etwas in dem kleinen. blauen Büchelchen gelesen! Siehst Du? Ich kenne Dich ganz genau! Du bist auch nur ein Mensch!

Toni: Ach! Warum haben Sie nur ... (Weint von neuem.)

Wendt (fortgerissen): Nein! Es ist ja hier .... Das kann ja kein Mensch ertragen! Dein Vater: brutal. rücksichtslos —, Deine Mutter: krank, launisch; beide eigensinnig; keiner kann sich überwinden. dem andern nachzugeben. ihn zu verstehen. um ... um der Kinder willen! Selber jetzt. wo sie nun alt geworden sind. wo sie mit den Jahren vernünftiger geworden sein müssten! Die Kinder müssen ja dabei zu Grunde gehn! Und das ist ihre Schuld. die sie gar nicht wieder gut machen können! Einer schiebt sie auf den andern! Keiner bedenkt. was draus werden soll! ... Und das nun schon lange. schrecklich lange Jahre durch! Dabei Krankheit und Sorge ... Furchtbar! Furchtbar!! Wenn man sich in den Gedanken versenkt ... tt! ... Nein. das ist alles zu. zu schrecklich! Das sind keine vernünftigen Menschen mehr. das sind ... Ae! Sie sind einfach jämmerlich in ihrem nichtswürdigen. kindischen Hass! ... (Ist aufgesprungen und geht nun mit grossen Schritten im Zimmer umher.)

Toni (schluchzend): O, wie können Sie nur so von Vater und Mutter sprechen! Sie sind Beide so gut! Wie können Sie das nur sagen! ...

Wendt (sich mässigend. Setzt sich wieder zu ihr, den Stuhl noch näher zu ihr rückend): O, ich ... t! ... Höre doch nicht. was ich schwatze! Ich ..... Nein! Ich meine ... Du kannst doch unmöglich hier bleiben! .. Weine doch nicht, liebe Toni! Missversteh mich doch nicht! Ich meinte ja nur! ... Sieh mal! Du musst dich ja bei all' dem Elend aufreiben! Es ist unerträglich. geradezu unerträglich. dass Du — Du! — hier verkümmern sollst! ... Und mach' dich

doch nicht stärker. als Du bist. Toni! Ich weiss
es ja. Toni! Siehst Du? Ich weiss es ja. dass
Du dich hier heraussehnst!...

Toni: O, wenn man mal... 'n bischen ... ungeduldig ist! ... Das habe ich nur so — hin-
geschrieben!

Wendt: Nur so ...? Ach was! Das glaubst Du
ja selbst nicht. Toni! Das war ja ganz natürlich?! Ganz berechtigt?!

Toni: Ach. sprechen Sie doch nicht mehr davon!
... Ich bitte Sie! ... Sprechen Sie nicht mehr
davon!

Wendt: Siehst Du? Du hast Angst. das zu hören!
Aber doch! Grade musst Du das hören! Die
Aufopferung muss auch ihre Grenze haben! ...
Zweiundzwanzig Jahre! Einen Tag nach dem
andern. Jahr aus. Jahr ein. immer dasselbe
Elend. dieselbe Noth! Das ist ja geradezu der
pure Selbstmord! Nein! Du musst hier fort!
Du hast ein Recht. an Dich und Deine Zu-
kunft zu denken! ... Warum sollst Du hier
verkümmern?! Warum?! Was kann Dich dazu
verpflichten?!... Was hat Dein Vater und Deine
Mutter gethan, dass sie das verdienen?! Nun?!
... Haben Sie an Deine Zukunft gedacht?!

Toni: Ich ... ich weiss nicht! ... Ach. reden Sie
doch nicht so! Sagen Sie doch das nicht!

Wendt: Heute. am heiligen Abend, sitzst Du
da in Angst und Bangen. wo sich Jeder freut.
und flickst Dich krank! Nein! Das ist — em-
pörend!! Das ... Sieh mal. Toni! Warum sollte
es nicht gehn? Sieh mal! Thust Du ihnen denn
nicht selber einen Gefallen? Es muss ihnen doch
nur lieb sein. wenn Du „versorgt" bist?! Wenn
sie einen „Esser wen'ger" haben! Ist Dein Vater
nicht vielleicht grade deshalb so. weil er sich

über Deine Zukunft Sorge macht? Hat er Dir nicht mehr wie einmal vorgeworfen, dass Du noch hier bist?

Toni: O, das meint er ja nur so!

Wendt: So, so!

Toni: Und dann . . . die Mutter! Ich kann doch die Mutter nicht hier so allein lassen? Sie ist so krank und schwächlich! Sie kann mich garnicht mehr entbehren!

Wendt (eifrig, fasst ihre Hand): Ach, was das anbetrifft! Sieh mal . . .

Toni (horcht auf): Warten Sie mal! (Entwindet ihm ihre Hand, steht auf und schleicht sich auf Spitzzehen zum Bett hin. Einen Augenblick beobachtet sie die Kranke, dann kehrt sie wieder zurück.) Nein! . . . Ich dachte . . . Linchen . . . (Pause) . . . Und . . . (Weint noch heftiger).

Wendt (hat sie die ganze Zeit gespannt beobachtet und bricht nun seufzend zusammen): Ach Gott ja! (Sich auf seinem Stuhl wieder aufrichtend) Sieh mal! Was das anbetrifft . . . und . . . Linchen . . . Du meinst Linchen? . . . O. sie ist ja in den letzten Tagen . . . man kann doch unmöglich sagen, dass es grade schlimmer mit ihr geworden ist! . . (schneller) Sieh mal! Wenn sie Dich nun versorgt wissen, ist ihnen doch schon eine grosse Last genommen! Und dann könnten wir sie ja auch unterstützen. nicht wahr? Und wenn erst ihre äussere Lage etwas besser ist. dann ist ja auch Vieles, Vieles gleich ganz anders! Und dann . . . ja, dann sind sie ja auch mit den Jahren — dieses Zusammenleben so gewohnt geworden! Nicht wahr? Sie würden vielleicht etwas entbehren, wenn sie's anders hätten auf einmal. ich meine — versteh' mich! — wenn sie's ganz anders

hätten!... Der Mensch gewöhnt sich ja an das Allerunglaublichste!
Toni: Ach, nein.... nein...
Wendt (in höchster Aufregung, sich aber noch fassend): Toni!... Ich weiss nicht! Du hast so viele Bedenken, so viele... Sag's! Sag's grade raus! Hast Du das vielleicht — auch nur so geschrieben, dass... dass Du... mich lieb hast? Kannst Du mir nicht folgen, weil... Du mich... nicht lieb hast?
Toni: Ob ich Dich...? Aber... o Gott! Was sag' ich!...
Wendt (freudig): O. nicht wahr? (Drückt ihr die Hand) Liebe!
Toni (schluchzt nur).
Wendt (wieder sehr erregt): Und dann, liebe Toni, siehst Du? muss ich Dir noch etwas sagen! Ich bin... ich weiss nicht... aber Du musst mich recht verstehn. ich... ich bin so gut wie — todt! (Toni sieht ihn erschrocken an und rückt in naivem Schreck unwillkürlich ein wenig von ihm ab. Hat aufgehört zu weinen. Wendt spricht das Folgende immer noch in grösster Erregung wie zu sich selbst.) Als ich zu studiren anfing. da war ich frisch und lebendig, voll Hoffnung! Da glaubte ich noch an meinen Beruf! Da hatte ich noch Ziele. für die ich mich begeisterte!... Aber das hat sich alles geändert!
... Seitdem ich hierher gekommen bin in dieses
.. in die Grossstadt. mein' ich... und all das furchtbare Elend kennen gelernt habe, das ganze Leben: seitdem bin ich — innerlich — so gut wie todt!... Ja! Das hat mir die Augen aufgemacht!... Die Menschen sind nicht mehr das, wofür ich sie hielt! Sie sind selbstsüchtig! Brutal selbstsüchtig! Sie sind nichts weiter als Thiere. raffinirte Bestien, wandelnde

Triebe, die gegen einander kämpfen, sich blindlings zur Geltung bringen bis zur gegenseitigen Vernichtung! Alle die schönen Ideen, die sie sich zurechtgeträumt haben, von Gott, Liebe und .. eh! das ist ja alles Blödsinn! Blödsinn! Man .. man tappt nur so hin: Man ist die reine Maschine! Man ... eh! es ist ja alles lächerlich! (Mit einer hastigen Bewegung zu ihr) Siehst Du, liebe Toni! Deshalb kannst Du und darfst Du einfach gar nicht „Nein" sagen! Du bist meine einzige Rettung! ... Ich könnte ohne Dich keinen Tag mehr leben, oder ich müsste verrückt werden, einfach verrückt! Du ... Du bist das Einzige, woran ich nicht zweifle! Alles Andre versteh' ich! Alles Andre ist mir so unheimlich klar und durchsichtig! Aber Du ... Du?! ... Wenn ich Dich so sehe, so still leidend, so geduldig, da ... möcht' ich Dich — haben!! ... für Dich leben, verstehst Du? Und ... Alles Andre ... hahaha! ... ich pfeife, pfeife drauf! ... Nur Du ... Du!! ... (Sieht sie an, kommt plötzlich wieder zu sich und springt auf.) Du! ... Was ... was hab' ich — ge-prochen? Du weinst?! Mädchen! ... Herrgott! (Rückt ganz nahe zu ihr. Spricht das Folgende sehr sanft). Ach, siehst Du! Das war ja alles Unsinn, Thorheit! Ich weiss nicht . . . tt! ... Ich meinte ... siehst Du? ... man lernt so viel kennen in der Welt, was einen niederdrückt, missmuthig macht ... so manchmal, mein ich! ... Nicht wahr? ... Deshalb wirft man ja aber doch die Flinte nicht gleich in's Korn?! ... Das geht Allen so! ... Ich meinte nur: wenn zwei, so wie wir, sich zusammenthäten, dann würd' es ihnen leichter, das Leben zu ertragen! ... So meint' ich! ... Ich habe da ... ich weiss nicht, wie ich das alles so hingeschwatzt habe! ... Das ist ja alles selbst-

verständlich! ... Es ist ja weiter gar nichts
dabei! ... Es ist ganz einfach! Weine doch
nicht mehr. mein liebes, liebes Mädchen! ....
Nein. ich ... ich ... Narr! ... Beruhige
Dich! ... Beruhige Dich doch! ... Hörst Du?
... Hab' ich Dich so erschreckt?

Toni (rückt näher zu ihm, schmiegt sich an ihn): Nein
ich ... ich bedaure Dich so!

Wendt (sie an sich drückend): Du — bedauerst
mich?! Mädchen!

Toni: Kannst Du denn dann aber Pastor werden?

Wendt (glücklich): Ach das ... das ist ja eine
Form! Das ist Nebensache!

Toni: Aber wenn Du nicht glaubst. dass ...
wenn Du nicht an — Gott glaubst?

Wendt: An Gott glaubst! ... Die Hauptsache
ist, (innig) wir werden uns dort beide auf dem
Lande so wohl fühlen, so wohl! Wir werden so
glücklich sein! Nicht wahr?

Toni: Aber ...

Wendt: Wir leben dann still für uns in ruhigen,
schönen Verhältnissen! Wir werden ganz andere
Menschen sein! Und dann sollst Du sehn. wie
ich den Leuten predigen werde! Der Katechismus-
gott soll dann erst lebendig werden. lebendig! ..
Wir verstehen das Leben! Wir wissen'
wie miserabel es ist, aber wir haben dann'
auch. was mit ihm versöhnt! Und das ist
besser. als alle Kanzelphrasen, wenn wir
das den Leuten mittheilen.

Toni: Aber ... ich weiss nicht ... wenn Du
doch nicht wirklich glaubst .....?

Wendt: Kein offizieller Glaube. aber ein besserer,
lebendigerer! ... Lass nur! Du sollst sehen! ...
Denke Dir: Eine herrliche Gegend! Laubwald!

Berge! Getreidefelder! Stilles, gesundes Landleben! ... Unser Haus hinter der kleinen Dorfkirche. ganz von Weinlaub umrankt. mitten in einem grossen Obstgarten mit einem Hühnerhof. Ringsherum eine grosse. hohe Mauer und dadrin hausen wir. wir beide. ganz abgeschlossen von der Welt, aber ohne Hass. und das ist die Hauptsache! Und wenn Du mir dann Sonntags in den Talar hilfst und ich durch den kleinen Friedhof in die Sakristei spaziere. dann sollst Du einmal sehen, was ich den Leuten predigen werde! Sie sollen schon mit dem neuen Pastor zufrieden sein! Nicht?!

Toni (die ihm aufmerksam, vor sich hinlächelnd, zugehört hat): O, das wäre schön!

Wendt: Ja! Nicht wahr?! Nicht wahr?!

Toni: Aber hier. was sollen sie denn hier anfangen?

Wendt: Ach. das wird dann auch alles ganz anders! Du sollst sehen! ... Albert hat dann ausgelernt und verdient mit zu, Walter wird ja auch bald confirmirt und Du, Du bist dann „versorgt": dann werden sie nicht mehr so viel Grund haben ...

Toni: Ach ja! Vielleicht! ... Ach, das wäre so schön. so schön!

Wendt: Nicht wahr?!

Toni: Ja. ja! Das ginge! Vielleicht! ... Dann würde es wohl hier besser werden!

Wendt: Sicher! Und dann ... Vergiss doch nicht! Dann sind wir ja auch da!

Toni: Aber Linchen! Wenn Linchen nur nicht immer so krank wäre?!

Wendt (hastig): Ach. siehst Du ... sie ... sie ist ja ....

Toni (zusammenschauernd): O Gott, wenn sie stirbt!

Wendt: Stirbt? (Unruhig.) Ach, wie kommst Du nur darauf?

Toni: Ach, weisst Du! Ich (weint) habe so wenig Hoffnung!

Wendt: Aber ich bitte Dich! Du hörst ja!

Toni: Ach ja, ja! ... Sie ist das Einzige, was Vater und Mutter haben! Sie ist ihre einzige Freude! Wenn sie nicht noch wäre.... Siehst Du, das ängstigt mich so! Das wäre zu schrecklich! Zu schrecklich! (Vor sich hinstarrend.) Wenn sie stirbt und wenn ich dann auch noch fort wäre... (Wirft sich ihm um den Hals.) Ach nein! Nein! Das geht ja gar nicht! Das geht ja gar nicht! Dann wäre hier Alles noch viel, viel schlimmer....

Wendt (sie sanft von sich loslösend): Aber wie kommst Du denn nur darauf, liebe Toni? Es liegt ja gar kein — Grund vor! Nein! Wir nehmen sie dann später zu uns, dass sie sich in der gesunden, schönen Luft ganz erholen kann! Quäle Dich doch nicht immer so! Es wird und muss jetzt alles besser werden! Ich hab's so im Gefühl: wenn alles am trostlosesten aussieht, wenn es gar nicht mehr schlimmer werden kann, dann muss sich alles zum Guten wenden! Nein! Du wirst glücklich werden, wir alle! Du wirst dort auf dem Lande wieder aufleben! Es wird eine ganz andere Welt sein! ... Du siehst ja alles nur so schwarz an, weil Du nie., nie in Deinem ganzen Leben etwas anderes als die Noth hier kennen gelernt hast!

Toni (aufseufzend): Ach ja! Das ist vielleicht auch wahr!

Wendt (beugt sich über sie): Also, nicht wahr, Toni?

Toni: Ja. ja! — Wenn ...

Wendt: Still! Still! (Küsst sie.) O. nun wird die Welt so schön werden! So schön!

Toni: Schön? ... Ach Gott ja!

Wendt: Ja! Schön! ... Trotz alledem! (Küsst sie.)

Toni: Lieber! (Erwiedert seinen Kuss.

Wendt (nach einer kleinen Pause. Scherzend): Fru Pastern!

Toni (lächelnd): Ach Du!

Zweiter Aufzug.

Zweiter Aufzug.

(Dasselbe Zimmer. Es ist Nacht, durch das verschneite Fenster fällt voll das Mondlicht. Frau Selicke sitzt wieder neben dem Bett und strickt, Toni arbeitet am Sophatisch, auf welchem hinter dem grünen Schirm die Lampe brennt, Albert sitzt neben ihr, liest, blättert und gähnt ab und zu, Walter steht vor'm Fenster, die Arme auf das Fensterbrett gestützt.)

Walter (vom Fenster weg zu Frau Selicke hin): Mama! Er kömmt immer noch nich!

Frau Selicke (müde, etwas weinerlich): Ach ja!... Na, heute können wir uns wieder mal auf was gefasst machen.

Walter (sich an sie drängend, sie umfassend): Mamchen! Biste wieder gut mit mir?... Ja?... Mamchen!

Frau Selicke: Ja!... Ja!... Wenn Du nur nich immer so ungezogen wärst!

Walter: Ach Mamchen!

Frau Selicke: Ja!... Ja!... 's is schon gut!.... Lass mich nur!

Walter (immer noch schmeichelnd): Sag, Mamchen! Biste nu aber auch wirklich ganz gut mit mir?

Frau Selicke (lächelnd, abwehrend): Na ja! Ja, Du Schlingel!

Walter: Armes Mamchen! (Küsst sie und stellt sich dann wieder vor das Fenster hin. Nach einer kleinen Pause, während welcher Albert sich zurückgelehnt, die Arme gereckt und laut gegähnt hat.) Du,

Albert! Au. kuck mal! Drüben bei Krügers brennt noch der Weihnachtsbaum!

Albert (hat sich faul erhoben und ist langsam, die Hände in den Taschen, zum Fenster getreten.): Ach wo. Du Peter! Is ja man 'n Licht in der Küche! Wo soll denn jetzt noch 'n Weihnachtsbaum brennen?

Walter (ihn unterbrechend): Halt doch mal! Horch mal! Ging — da nich die — Hausthür?! ... (Nach einer kleinen Pause, weinerlich.) Nee! Ach. nu kann man sich wieder nich hinlegen!

Albert (gähnt faul).

Frau Selicke: Leg' Dich doch schlafen! Das wehrt Dir doch Niemand!

Walter: Ach! ... (Wieder nach einer kleinen Pause. Du, kuck mal. Albert! Lauter goldne Flinkerchen hier auf'm Schnee! Wah? Das sieht hübsch aus!

Albert (missgelaunt): Ja. ja!

Walter: Ob e' was mitbringt, Mamchen? 'n Baum?

Frau Selicke (ohne von ihrem Strickzeug aufzusehen): Werden ja sehn! ... (Gähnt.) Hach ja!

Walter: Ach ja! Ich glaube! ... 'n Baum hab'n wir doch jedes Jahr gehabt? Morgen früh könn'n wir'n ja immer noch anputzen! Wah. Mamchen? Un wenn wir'n dann Abends anbrennen ... wah?

Frau Selicke (müde, abgespannt): Ja. ja!

Walter: Na, un' Linchen bringt er doch auch was mit? Linchen?

Frau Selicke: Na! Er wird wohl! (Zählt ihre Maschen, seufzt.)

Albert (ist vom Fenster weg wieder auf den Tisch zugetreten): Nee. so'ne Unvernunft von dem! (Mit einem Blick nach der Uhr.) 's is nu halb Zwei!

Toni (sieht in die Höhe): Sprich mal nich so vom Vater!

Albert (sich zu ihr auf's Sopha setzend und sie schmeichelnd um die Taille fassend): Ach was, Tönchen! Sei man still! ... 's is doch wahr! Näh mir lieber nächstens mal 'n paar Stege an die Hosen! He? ...

Toni (ihn sanft von sich abwehrend): Ach, nich doch. Albert! Red' Walter zu und geht beide zu Bett!

Frau Selicke (unwillig vom Bett herüber): Ja doch! Stör' uns nich immer und leg' Dich lieber hin für dein unnützes Schmökern da!

Albert: Na, was soll man denn machen!

Frau Selicke: Statt den ganzen Tag, wenn Du frei hast, hier umherzuliegen, könntest Du noch 'n bischen Sprachen lernen! Das braucht 'n Kaufmann heutzutage! Aber Du hast nich 'n bischen Lerntrieb!

Albert: Ach was, Mamchen!

Frau Selicke: Na, mach' doch, was Du willst! Mir kann's egal sein! ... Mir wird so wie so bald alles egal sein! ... Ueberhaupt! Nenn' mich nich immer Mamchen! Was denkste Dir denn eigentlich, Du Gelbschnabel?!

Albert: Na, liebe Zeit! Was wollt Ihr denn nur! Ich thu' doch meine Schuldigkeit im Geschäft! Da solltest Du erst mal andre junge Kaufleute sehn!

Frau Selicke: Na ja ja! Is schon gut! Wissen ja! Lass uns nur zufrieden!

Walter: Ach, nu kömmt er immer noch nich!

Frau Selicke: Leg Dich zu Bett, Walter! Leg Dich zu Bett!

Walter: Ach nee! Ich kann ja doch nich schlafen, Mutterchen, wenn Vater nich da is!

Frau Selicke: O, und nun auch noch die Schmerzen in meinem Fusse!... Ich könnte laut aufschrei'n!... Weiter nichts wie Elend und Sorge und Aufregung hat man! Das ist das ganze bischen Leben! Wenn einen der liebe Gott doch endlich mal erlösen wollte!

Albert (geht mit gesenktem Kopfe verdriesslich auf und ab. Die Hände in den Taschen seines Jaquetts): Nein. das is auch eine Wirthschaft hier! Wenn man doch erst mal... he!... Sitzt man bis spät in die Nacht 'nein und wagt kein Auge zuzuthun und am andern Tag is man dann janz kaputt!

Frau Selicke: Ach. geh schlafen und predige uns nich auch noch was vor!... Walter, leg Dich nun hin!

Walter: Ach nein. Mamachen! Ich warte noch! (Sieht immer noch aufmerksam zum Fenster hinaus.)

Frau Selicke: Na. warte man...

Albert: Ae was! Ich leg' mich hin!

Frau Selicke: Das machste gescheidt!

Albert (mürrisch): Jute Nacht!

Toni: Gute Nacht!

Albert (nimmt, während er am Sophatisch vorbei geht. von diesem eine Streichholzschachtel, klappert damit und verschwindet in der Kammer, nachdem er bereits auf der Schwelle ein Zündhölzchen angestrichen und in das Dunkel hineingeleuchtet hat).

Frau Selicke: Walter!

Walter: Ach, Mamachen!

Frau Selicke: Ach was! Dummer Junge!.... Dir thut er ja nichts!

Walter: O ja!

Frau Selicke: Ach, Dummheit!... Leg' Dich hin! Geh!...

Walter: Au. unten kommt einer!
Frau Selicke (zusammenfahrend): Kommt'e'?!
Walter (weinerlich): Is 'n andrer!
Frau Selicke: Nein, so ein Mann! So ein Mann!
... Das kann er doch wirklich nich verantworten! ... Walter! Geh' nun!
Toni (hat ihr Nähzeug auf den Tisch gepackt, ist aufgestanden, an's Fenster getreten und nimmt nun Walter an die Hand): Komm. Walterchen!
Walter (hat sie von unten auf umfasst und sieht zu ihr empor): Ach. lass mich doch! Ich hab' ja solche Angst! ... Ich wart' hier lieber am Fenster!
Toni: Dann geh' ich auch nicht schlafen! Na'?
Walter (weinerlich): Ach! — (Macht sich von ihr nach dem Fenster zu los.)
Toni: Komm!
Walter: Gleich! (Sieht durch das Fenster.) Jetzt! (Lässt sich von ihr nach der Kammer führen. Schluchzt. Während die Thür aufgeht, sieht man noch das Licht brennen, das Albert sich angesteckt hat. Toni bückt sich, küsst Walter und drückt dann die Thür wieder zu. „Gute Nacht.")
Walter: Ach, lass doch die Thür 'n bischen auf!
Toni: Na ja! ... So! ... (Eine Weile noch sieht man durch den Spalt das Licht, dann verlischt es. Toni macht sich still wieder an ihre Arbeit.)
Frau Selicke: Nein! So ein komischer Junge! Sich so abzuängstigen! ... Ueber was man sich nich alles ärgern muss? ... Nein! ... Ach! Na — ich sage auch schon! ...
(Kleine Pause. Im Bett Husten und Stöhnen.)
Linchen: Ma—ma—chen! ...

Frau Selicke (beugt sich über die Kissen): Ach, da biste ja wieder, meine Kleine?

Linchen: Warum — kommt'n Papa noch nicht?

Frau Selicke: Sei nur ruhig! . . . Weine nicht! . . . Rege Dich nicht auf, mein Herzchen! Er kommt nun bald! . . . Ach Gott, ja!

Linchen: Er ist wieder — betrunken! Nich wahr?

(Toni lässt ihr Nähzeug sinken und sieht vor sich hin.)

Frau Selicke: Ach nein! . . . Nein doch, mein Herzchen! . . . Er is nur einen Weg gegangen! . . . Er bringt Dir was mit!

Linchen: Ach nein! . . . Er will Dich nachher wieder schlagen!

Frau Selicke: Ach, aber meine Kleine! . . . Weine doch nur nicht, mein Linchen! . . . Gott, nein! . . . Siehste, Du darfst dich ja nich aufregen?! Du wirst ja sonst nich gesund? . . . Nein, mein Mäuschen! Er hat nur ein'n Weg gehabt!

Linchen: Bringt er mir wieder Törtchen mit?

Frau Selicke: Ja.

Linchen: Ach Mamachen! Und 'ne neue Puppe möcht' ich auch so gerne haben!

Frau Selicke: Ja, die kriegst Du! Und auch wieder Wein!

Linchen: Solchen süssen?

Frau Selicke: Ja.

Linchen: Aber weisst Du, Ma—machen . . . . es muss eine Puppe sein, die . . . richtig sprechen kann . . .

Frau Selicke: Ja! So eine!

(Toni hört die ganze Zeit über in Gedanken versunken zu.)

Linchen: Auch ein'n ... Wagen ...?
Frau Selicke: Ja?
Linchen: Au! Denn ... fahr'n wir die Puppe immer spazier'n ...! Nich wahr. Tönchen?
Toni: Ja, liebes Kind!
Frau Selicke: Ja, meine Kleine! Dann gehst Du wieder mit Tönchen spazier'n!
Linchen: Au ja! ... Bald — Ma—machen?
Frau Selicke: Ja! Bald! Ganz bald!
Linchen: Morgen!
Frau Selicke: Morgen? Aber, liebes Kind! Du musst Dich doch erst noch 'n bischen erholen? .. Nich wahr? .. Aber diese Woche vielleicht!
Linchen: Bestimmt?
Frau Selicke: Ja! ... Bestimmt!
Linchen: Ma—machen ... Ja? Ich — werde doch ... wieder gesund?
Frau Selicke: Ja, gewiss mein Mäuschen! ... Freilich!
(Kleine Pause.)
Linchen: Ma—machen? ...
Frau Selicke: Hm?
Linchen (lächelnd): Kranksein is hübsch!
Frau Selicke: Ach Gott! .. Meine arme, dumme Kleine! ... Warum denn? (Beugt sich zärtlich zu Linchen hin.)
Linchen: Weil .. weil Du dann .. immer ... so ... gut bist ...
Frau Selicke: O, aber mein Linchen! ... Bin ich denn sonst nicht gut?
Linchen: Liebes Mamachen?
Frau Selicke: Was denn, meine Kleine?

Linchen: Mamachen?
Frau Selicke (rückt ihr etwas näher): Na?
Linchen: Nich wahr .... Ma—machen? ...
Du — zankst nich mehr ... mit mir .. wenn ich ... erst wieder ... gesund ... bin ...
Frau Selicke: Ach meine ... (küsst sie).
Linchen: Hast Du ... mich ... lieb. Mamachen?
Frau Selicke: Ach. meine Kleine!
Linchen: Bringt Papa ... ein' Baum mit ... und Lichter?
Frau Selicke: Ja. Liebchen! Und morgen kommt der Weihnachtsmann!
Linchen: Ei! ... Rück mich doch 'n bischen in die Höh'. Ma—machen ...
Frau Selicke: Willst Du denn nicht wieder einschlafen, meine Kleine?
Linchen (aufgeregt, hastig): Ach, ich ... bin ... gar nich ... müde ... (Hustet) Ich .. bin .. ganz ... wohl ... Ma—ma—chen!
Frau Selicke: Ach. der alte, böse Husten! ... Na so? (Hat sie ein wenig hochgerückt.)
Linchen: Erzähl' mir ... doch ... 'n bischen was!
Frau Selicke: Ach, liebes Kind! ... Ich weiss nichts! (Seufzt.)
Linchen: Ma—machen! ... Krieg' ich auch 'n neues Kleid ... wenn ich ... wieder ... gesund bin?
Frau Selicke: Ja! — Aber sprich doch nich so viel. mein Liebchen! Es strengt Dich so an? ... Komm! (Legt den Kopf neben sie auf das Kissen.) Komm! Schlafe! Schlafe. mein liebes Täubchen!

Linchen: Lieschen Ehlers sagt immer in der Schule zu mir: Ach pfui ... Du — hast so'n ... schlechtes ... Kleid!

Frau Selicke: Ja! Tönchen soll Dir ein ganz neues machen! — Komm! — Schlafe. meine Kleine!

Linchen: Au! Wart' doch — mal, Ma—machen! Meine — Hand ...

Frau Selicke: O. hab' ich Dir weh gethan. mein Püppchen?

Linchen: Lieschen Ehlers is dumm! Nich wahr ... Ma—mach'n?

Frau Selicke: Ja! Richtig dumm! ...

(Kleine Pause. Frau Selicke hat fortwährend noch ihren Kopf auf dem Kissen.)

Linchen (schnell. aufgeregt): Und darf ich — auch wieder — mit Tönchen zur — Tante. auf's Land? ... wenn ich ... wieder gesund ... bin? ... Ja? ... Weisste, dann ... suchen wir immer .. die Eier .. in der Scheune .. Tante und ich .. Ma—mach'n! ... Ma—mach'n! Onkel sagt immer ... zu mir: „Giv mi — mol 'n — Kuss. min lütt Deern!" ... (Lächelnd.) Mama! 'n Kuss! ... Aber — er hat — so'n Stachelbart! .. Das kratzt immer .. Weisste. ich hab'n immer — seine — lange Pfeife gestopft ... und dann — musst' ich — immer essen, aber auch — immer essen! ... Sie — nudeln ein' ordentlich! ... Au! Ich — konnte manchmal — gar nich — mehr! ... Die alte — Grossmutter — sagt immer ... „Fat tau. Kind! — Fat — drist — tau!" — Na. die — haben's ja! — Nich wahr — Ma—mach'n? — Sie schlachten — jedes Jahr — vier Schweine! ... Vier Schweine!

... Ma—mach'n? Horch mal! (Lächelnd.) Einmal — hat mir — Cousin Otto ... den Schweinsschwanz — hinten an'n ... Zopf gebunden ... un — ich hab's erst — gar nich gemerkt! ... Cousin Otto — macht immer — solche Dummheiten! — Nich? — Aber — er is — gut! — Er hat mir immer — Weintrauben — aus dem Garten — gebracht ... Ja! ...

Frau Selicke: Kucke, meine Kleine! Du wirst ja ganz munter? Aber sprich lieber nich so viel, mein Häschen!

Toni (hat während der Erzählung Linchens freudig überrascht aufgehorcht und ist nun auch an das Bett herangetreten): Wie unser Linchen erzählt! Siehst Du, Mama? Nun wird sie bald, bald gesund sein!

Linchen (etwas ungeduldig): Na ja! ... Das — werd' ich auch!

Toni: Schön! Schön, mein gutes Herzchen!

(Steht am Bett mit übereinandergelegten Armen und sieht zärtlich auf Linchen herab.)

Frau Selicke (die Toni zugenickt hat): Aber, hörst Du? Erzähl' lieber nicht so viel, mein Linchen!

Linchen (schnell, aufgeregt): Nein ... wart doch mal ... Ma—machen! .. Hör doch mal! ... Un Cousine Anna ... Die hat Kleider! ... Kleider hat die! ... Na, aber auch ... so viele! ... Sonntags ... weisst Du ... wenn wir in die Kirche ... (Hustet.)

Frau Selicke (angstvoll): Kind! Kind!

Linchen: Ach ... das ... schadet nichts ... Ma—mach'n! ... So'n — bischen — Husten noch! ... Das — hört — morgen wieder auf — Nich? .. Sonntags in der Kirche .. ein blaues, ein — ganz — himmelblaues .. mit .. weissen Spitzen!... Fein! Mamachen!... Na... aber auch alle, alle — haben — auf uns — gekuckt!... (Etwas ruhiger; nachdenklich): Ach, wie hübsch — is es da — Mamachen!.... Immer — so still!... Aber — viel Fliegen!... Nich wahr, Mamachen?... Wenn es — recht heiss is... Onkel zankt nich'n — einziges Mal — mit Tante!... Kein Schimpfwort!... Und Anna und Otto — sind auch immer — so artig!

Frau Selicke: Liebes Herzchen! Du wirst ja ganz heiser!

Linchen: Weisste... sie wollten — mich dabehalten!... Sie wollten mich — gar nich — wieder fortlassen!... Tante sagte: ich sollte nu — ihre Tochter werden!... Papa — soll sich's .. überlegen!.. (Nachdenklich): Gut hätt' ich's da!... Nich, Mamachen?... (Sehr lebhaft, sich steigernd): Aber Du — und Papa — sollen mich — dann immer — besuchen!... Aber — ich ziehe nich hin. Mamachen!.... Nich?... Ich ziehe nich hin!... Ich bleibe — hier!

Frau Selicke: Uh! Dein Händchen brennt ja wie Feuer, mein liebes Puttchen!... So!... So! ... Nich wahr. mein Herzchen?

Linchen (nach einer kleinen Pause): Ach, Mamachen! Der schöne. schöne Mondschein!

Frau Selicke: Ja?

Linchen (versucht zu singen):
> Wer hat die schönsten Schäfchen,
> Die hat der gold'ne Mond ...

(Sie bekommt einen Hustenanfall. Toni lässt ängstlich ihr Nähzeug sinken.)

Linchen: Ach! . . . aah! . . . aah! . . .
Frau Selicke: Mein armes Herzchen! Mein armes Herzchen!
(Linchen liegt einen Augenblick still, von dem Anfall erschöpft.)
Linchen: Ma—mach'n!
Frau Selicke: Hm?
Linchen: Ach! — Ich . . . möchte . . aufstehn!
Frau Selicke: Aber Kind!
Linchen: Es — is — so — langweilig im Bette!
(Wirft sich unruhig herum.)
Frau Selicke: Habe nur Geduld. meine Kleine! Morgen oder übermorgen wollen wir mal sehn! Dann kannst Du wohl 'raus!
Linchen: Aber auch ganz gewiss!
Frau Selicke: Ja!
Linchen (seufzt): Ich will auch — nie wieder unartig sein — Mamachen . . . wenn ich wieder — gesund bin! . . . Ich gehe dann — alle Wege! . . .
Frau Selicke: Ja, ja. mein Liebchen! Aber nich wahr? Nun schläfst Du auch wieder.
Linchen (schläfrig, immer leiser): Ach ja . . ja . .
Frau Selicke (nach einer Pause): Sie schläft wieder! . . . Ach, mein Fuss! Mein Fuss! . . .
(Stöhnt auf.)
Albert (aus der Kammer): Mama! Das geht einem ja durch Mark und Bein!
Frau Selicke: Na wart' nur! . . . Du solltst mal erst die Schmerzen haben! . . . O Gott! Was hat man nur vom Leben! . . .
Albert (aus der Kammer): Ach. nu fasst Du das wieder so auf! . . . So meint' ich's ja gar nich!
(Toni ist zum Fenster getreten.)

Frau Selicke: Hörst Du denn immer noch nichts, Toni?

Toni: Nein!

Frau Selicke: Ach Gott, nein! So ein Mann! Nicht ein bischen Rücksicht! ... Das ist ihm hier alles egal, alles egal! ... So ein alter Mann! ... Er sollte sich doch nu schämen! ... Nein, wahrhaftig! Ich hab' auch nich 'n bischen Liebe mehr zu ihm! Aber auch nich 'n bischen! ... Für mich is er so gut, wie todt! ... Ach ja! Ich kann wohl sagen: mir ist alles so gleichgültig! Wenn das arme Würmchen nich noch wär'! ... Jahraus, jahrein dasselbe Elend! ... Ach, ich kann wohl sagen: ich habe mein Leben recht satt! ... Is gar kein Wunder, wenn man gegen alles abstumpft! ... Wie gut hätten wir's haben können! ... Wie leben andre Leute in unsrem Stande! Wenn man so nimmt! Mohr's! ... Der Mann is 'n einfacher Handwerker gewesen und hat jetzt sein schönes Haus! Und die Wirthschaft! Was haben die Leute für 'ne Wirthschaft! ... Na, un bei uns? ... Un der will nun 'n gebildeter Mann sein! ... Nein, wie das bei uns noch werden soll? ... Und an allem bin ich Schuld! ... Ich verzieh' die Kinder! Ich vernachlässige die Wirthschaft! Alles geht auf mich! ... Und da sollen die Kinder noch Respekt vor einem haben! ... Ach Gott, nu sitzt man wieder hier und zittert und bebt! ... Und wenn man nur nicht dabei so hinfällig wär'! ...

Walter (steckt den Kopf durch die Kammerthür): Mutterchen!

Frau Selicke (fährt herum): Was! ...

Walter: Mutterchen! Kommt er denn immer noch nich?!

Frau Selicke: Ach, Du?! — Ich denke. Du bist schon lange eingeschlafen?... Biste denn nur nich gescheidt, Junge?!... Mach mal gleich, dass Du wieder in's Bett kommst! Du willst Dich wohl erkälten?! Was?!
Walter: Ach, ich habe ja solche grosse Angst!
Frau Selicke: Nein. so was!... Leg Dich mal gleich hin!
(Walter schleicht sich wieder zurück.)
Ei. Du lieber Gott! Nein!... In Schulden sitzt man bis über beide Ohren!... Nichts kann man anschaffen!... Kaum. dass man das liebe bischen Brot hat!... Nein. das kann Euer Vater wirklich vor Gott nich verantworten!... Un dabei macht er sich selber ganz kaputt!... Seine Hände fangen schon ordentlich an zu zittern! Haste noch nich gemerkt?
Toni (die währenddem wieder eifrig genäht hat, antwortet nicht.)
Frau Selicke: Du armes Thier! Du wirst gewiss auch schön müde sein!... Ach nein. so ein Leben! So ein Leben!... Hm! Womöglich is'm was passirt?!... Er hat vielleicht Streit gehabt! Er is ja so unvernünftig. wie 'n kleines Kind!... Ae! Ich sage auch! Das ganze Leben is ... (Gähnt nervös, streichelt über Linchens Händchen.) Mein armes Würmchen! Das arme. magre Händchen!... Ach Gott, ja! Du sollst sehn, wir behalten sie nicht!
Toni: Ach, Mutterchen!
(Toni tritt wieder an's Fenster.)
Frau Selicke: Horch mal!... Poltert's nich auf der Treppe?!
Toni: Ach, wohl nur die Katze!
Frau Selicke: Ach Gott. nein! (Erhebt sich und

geht schwerfällig auf das Fenster zu.) Wunderhübsch draussen! . . . Aber der Himmel bezieht sich wieder, wir bekommen andres Wetter! . . . Ich spür's an meinem Fuss! . . . Nein, noch nichts zu sehn! Ach ja!
    Geht wieder zurück und setzt sich.)
Ich bin todtmüde! Wie zerschlagen!

Toni: Da kommt wer!

Frau Selicke: Ach Gott! (Fährt in die Höhe.)

Toni: Er ist es! . . . Endlich!

Frau Selicke: Ach! — Ach! — Mein Herz! — Mein Herz! Die Angst drückt's mir ab!

Walter (aus der Kammer): Mutterchen! Kommt er?!

Frau Selicke: Still! Schlaf!

Toni: Er ist auf der Treppe! — Hinten! (Sie ist auf Frau Selicke zu getreten.)

Frau Selicke: Ich renne fort! . . . Ach! Wohin?

Toni: Sei ruhig, Mutterchen!

Frau Selicke: Ach, meine Angst! Meine Angst! . . . Pass auf! . . . Es giebt 'n Unglück! Das arme Kind! . . .

Toni (stützt sie): Beruhige Dich doch, Mutterchen! Er ist ja gar nicht so schlimm, wie er immer thut!

Frau Selicke: Ach, trotzdem! . . . Meine Nerven sind ja so schwach! Alles nimmt mich so mit!

Toni: Der Vater . . . Nein! 's is wahr . . hach!

Frau Selicke: Mich schwindelt! . . . Mir . . is . . . . zum Umkomm'n! (Stützt sich gegen Toni.) Horch! . . . Er kommt heut wieder hinten rum! Ach, mein Herz! . . Mein Herz! . . Fühl mal!

Walter (aus der Kammer): Mutterchen! Mutterchen! Es pumpert gegen die Küchenthür!

Frau Selicke: Ach Gott, ach Gott! Is der schwer! ... Ruhig, Walter! Sei still, mein Junge! ... Thu' als ob Du schläfst! ... Toni, mach auf!
Toni: Ja! Geh so lang' vorn raus, Mutterchen! Auf alle Fälle! (Toni ab in die Küche mit der Lampe. Frau Selicke steht einen Augenblick nach der Küche hin lauschend. Zittert. Presst beide Hände aufs Herz. Geht dann auf die Flurthür zu. — Es poltert in der Küche. Schwere Schritte. Eine tiefe Bassstimme. Lustiges Lachen. — Frau Selicke verschwindet schnell im Flur. Die Küchenthür wird aufgestossen. Noch hinter der Scene die Stimme Selicke's: „Na? .. Tönchen .. Töööönchen ..")
Selicke (tritt in die Stube, welche in diesem Augenblicke nur vom Mondlicht und von dem Licht der Lampe, das aus der Küche in die Stube fällt, hell ist. Selicke: ein grosser, breitschultriger Mann mit schwarzgrauem Vollbart. Schwarzer Sonntagsanzug unter dem offenstehenden Ueberrock. Er schleift einen kleinen Christbaum hinter sich her; aus den Taschen sieht Papier von Packeten und Düten vor. Unter den Arm hat er eine grosse, weisse Düte gequetscht. Er ist angetrunken. Taumelt aber nur sehr wenig und spricht alles deutlich, nur etwas langsam und schwerfällig. Sagt in sehr guter Laune):
„Na?! ... Habt Ihr wieder kein Licht. Ihr Tausendsakramenter. Ihr? ... He? ... (Lacht fortwährend leise vor sich hin, nickt mit dem Kopf und macht ein pfiffiges Gesicht, als wenn er eine Ueberraschung vor hätte. Toni kommt ihm mit der Lampe nach. Setzt sie auf den Sophatisch.) Huaach! ... Ne! Wird man — müde .. wenn man so auf dem Weihnachtsmarkt rumläuft? ... (Lacht und blinzelt Toni zu, die am Sophatisch in seiner Nähe steht.) ... 'n hübscher Baum — hbf! — hä? ... Holt man morgen früh gleich

die — hb! — Hütsche vom Boden! — Da! Nimm ihn hin! — (Giebt Toni den Baum; thut scherzhaft, als wenn er sie erschrecken wollte. Sie lächelt gezwungen und stellt den Baum bei Seite. Er lacht, wendet sich dann zum Tische und fängt an seine Taschen auszupacken; singt dabei: „Nicht Ross', nicht Reisige . . ." sich unterbrechend): Wo sind denn . . . die Jungens?
Toni: Sie schlafen schon!
Selicke: Wie — hb! — Wie spät is denn — eigentlich?
Toni: Zwei.
Selicke (thut sehr erstaunt): Was — Kuckuck! Zwei?! — (Hebt, indem er weiter auspackt, abermals an: „Nicht Ross', nicht Reisige". Er nimmt aus einer Düte zwei Pfannkuchen, geht damit auf die Kammer zu und ruft mit gedämpfter Stimme): He! Walter! — Walter! — Willste noch 'n Pfannkuchen? (Bekommt zuerst keine Antwort.) Na?!
Walter (in der Kammer, halb ängstlich): Ja!
Selicke: Da! Fang! (Wirft den Pfannkuchen nach Walters Bett hin und lacht.) Na, Grosser! Du auch? (Albert antwortet nicht.) Eh! Frisst 'n je doch! Da! (Wirft auch ihm einen Pfannkuchen zu und geht dann vergnügt, leise vor sich hinpfeifend, zum Tisch zurück.) Ja, ja! Die Jungens! (Toni, die solange am Tisch gestanden, hat abwechselnd ihn beobachtet und zur Flurthür hingesehn. Er kramt wieder mit den Sachen. Holt das Portemonnaie vor, klappert mit dem Gelde. Legt ein Goldstück auf den Tisch.) Hier! . . . Da können wir beide . . . morgen früh noch . . . Einiges einkaufen . . . gehn! Die Jungens könn'n dann 'n . . . Baum putzen . . . und am Abend . . . bescheer'n wir! . . . Na! Was machst' denn für'n Gesicht?!
Toni: Ich? . . . O, gar nicht, Vaterchen!

Selicke (misstrauisch): Ae! Red' nich! ... Das heisst: Kommste wieder ... so spät. he? ... Ja. — ja! Mein Töchterchen! .. Dein Vater darf sich wohl nicht mal'n Töppchen gönn'n! ... Was?! ... Ae. geh weg! Du altes, dummes Fraunzimmer! ... Ja! Ich möcht' mal sehn ... wenn Euer Vater ... nicht wär'! ... Weisste. mein' Tochter? ... Mir geht viel im Kopfe rum! ... Ich sorge mich! — Euretwegen! ...Ja. ja! Wenn ich Dich so sehe! ... Wie sind andre Mädchen in Deinem Alter! —
(Die Flurthür öffnet sich ein wenig. Frau Selicke lauscht durch den Thürspalt).
Du liegst Dein'm Vater immer noch — aufm Halse! ... Ja, ja! ... Ae! Du! ... Geh weg! ... Ich mag Dich nich mehr — sehn! ... (Für sich, indem er seitwärts tritt und an seinem Rocke herumzerrt, um ihn auszuziehen.) Ae! Is das — 'ne Hitze? ...
(Toni versucht ihm beim Ausziehen des Rockes behilflich zu sein. Selicke brummt missgelaunt vor sich hin): Mach' dass Du wegkömmst! ... Ich — brauch' Dich nicht! (Toni hilft ihm dennoch. Er streift etwas die Wand. Endlich hat sie mit zitternden Händen ihm den Ueberrock und dann auch den Rock abgestreift und beides an die Knagge neben der Corridorthür gehängt. Selicke steht nun in Hemdärmeln da. Streicht sich über die Arme und schlägt sich dann. vor sich hin kichernd, mit der Faust auf seine breite, gewölbte Brust): Ae! ... Ja? Siehste? ... Dein Vater is noch'n Kerl! ... (Lacht.) Was meinste, mein' Tochter! ... Z—zerdrück'n könnt' ich Dich mit meinen Händen! .. Z—zerdrücken! .. Das wär' am Ende auch — das Beste! ... (Mit dumpfer Stimme, sieht vor sich hin) Ich häng' Euch — alle auf! Alle! .. Un dann — schiess ich mich — todt! ... (Toni wankt ein wenig zurück

nach der Flurthür zu. — Selicke geht auf die Kammerthür zu. Man hört Walter in der Kammer weinen). Na, was — haste denn, dummer Junge! (Mit schwerfälligen Schritten, ein wenig wankend, in die Kammer. Toni öffnet die Flurthür halb. Frau Selicke steckt den Kopf in's Zimmer).

Frau Selicke: So'n Kerl! So'n Kerl!
Toni: Stille, Mutterchen! Stille! . . Um Gotteswillen!
Frau Selicke: Das Kind, das arme Kind!
Selicke (in der Kammer): Komm, mein Sohn! . . Dein Vater hat Dich lieb! . . Sehr, sehr lieb! . . . Ja, ja, mein Junge! . . . Er hat auch gesorgt, dass Du was zu Weihnachten kriegst! . . . Ja, wer sollte für Dich sorgen, wenn Dein Vater — nich wär'! . . . Na, weine doch nicht! . . . Was — weinste denn? . . . Was?! Ae! Sei nich so dumm! . . . Dummer Junge!
Frau Selicke (in derselben Stellung, etwas mehr im Zimmer, mit Toni nach der Kammer hinhorchend): Ach Gott, nun weckt er wieder die armen Kinder, der Kerl!
Toni (ängstlich): Geh wieder zurück, Mutterchen! Um Gotteswillen!
Selicke (in der Kammer): Ja, ich habe Euch — hbf! — doch — lieb! . . . Alle! . . Ja, ja? . . . Na? Wo ist denn Deine Mutter? — Hä?
Frau Selicke (tritt etwas zurück): Ach Gott, ach Gott!
Toni: Geh wieder zurück, Mutterchen!
Selicke (in der Kammer, lustig): He! Alte! . . . Wieder — fortgehumpelt! . . . Na, humple, humple nur hin! . . . (Sucht ihre Stimme nachzumachen) . . . „Ach, die — arme Frau!" . . . „Was die — für'n Mann hat!" . . . „Ae! Die hat's mal schlecht!"

Toni (drängt Frau Selicke zurück): Geh zur Thüre.
Mutterchen! dass Du so lange raus kannst.
bis er schläft!
Frau Selicke: Aber, das Kind! Das Kind!...
Ich kann doch nich . . .
Toni: Lass nur! Ich will schon sehn!... (Drängt
Frau Selicke sanft noch mehr zurück.) Armes
Mutterchen!
Selicke (in der Kammer): Die Alte ist Schuld, dass
Dein Vater so spät nach Hause kommt. mein
Sohn!... O. das ist ein Unglück! Ein rechtes
Unglück!... Und der alte. grosse Schlingel
da?.. Hui! hbf!... Das — Schnarche nur!
Aus Dir wird nichts, mein Sohn! Gar nichts!...
Huste nich!... Dummer Junge!!... Was?!!
... Du willst . . .
Frau Selicke (schreit unterdrückt auf).
Selicke (kommt aus der Kammer. Frau Selicke zurück, schliesst die Thür): Aeh! Da biste ja. mein
süsses Weibchen! (Geht auf die Flurthür zu.
Unterwegs macht er aber Halt.) Hm? Mein P—
Putt . . . hbf! . . . P — Puttchen? . . . Das
arme Kind! . . . Das arnfe Kind! (Er holt sich
die Düte vom Tisch und geht mit ihr auf das Bett
zu. Walter lugt verstohlen um den Thürpfosten. Man
hört. dass jetzt auch Albert wach geworden ist. —
Selicke bückt sich ein wenig über das Bett. — Leise.)
M— Mäuschen! ... Sch—läfste. mein armes —
Herzchen? . . . Sst! . . . Sie schläft. die —
kleine Tochter!
Toni (kommt ängstlich auf das Bett zu): Vater!
Selicke: Ich habe Dir — was mitgebracht?...
K—Kuchen. Kind? — K—Kuchen?
Toni: Vater! Sie wird ja wach!
Selicke (richtet sich auf): W .. Was willst Du? Hä?

Toni: Sie ist ja so krank!
Selicke (ihr nachäffend): „Sie ist so krank!"...
Ae! Hab' Dich doch. alte Suse! — „Sie ist so krank!".. „Piep, piep. piep!"... „Ach. Herr Jemine!"... Das arme Mädchen! Wie die sich vor ihrem Vater ängstigen muss! — Mach. dass Du wegkommst!... Mag Dich nich sehn! (Die letzten Worte zornig, bedrohend. Die Flurthür ist ein wenig aufgegangen. Frau Selicke schreit auf). Aah!... Sieh mal!.. Da stecksle. mein süsses Lamm? (Lacht, taumelt an Toni vorbei auf die Flurthür zu. Draussen wird hastig die äussere Flurthür aufgerissen. Es poltert die Treppe hinunter. — Selicke öffnet die Thür.) Na. so 'ne Komödie!... Kuckt. wie die Alte rennen kann (zeigt in das Entrée) mit ihrem schlimmen Fusse!... Ne!... Hähähä!... Wie se humpeln kann!.. Hopp. hopp. hopp!... Wie der Wind!... Haste nich gesehn!... Wie 'n Schnellläufer!... (Lacht, schüttelt dann aber plötzlich die Faust nach dem Flur, ruft unterdrückt) Du, altes Th... Du willst 'ne Mutter sein?!... Ach. Du! — Du! — Du!... Unglücklich hast Du mich gemacht! Unglücklich!... (Kommt zurück; während er an Toni vobeikommt) Na, Du?... „Sie ist so krank!"... Ae! Weg!... Lass mich vorbei! (Tappt wieder zum Bett und will sich drüber bücken.)
Toni (ihm nach): Vater! Lass jetzt das Kind! — (Sie stösst ihm mit der Hand gegen die Schulter).
Selicke (richtet sich in die Höhe.): Waaas?!!... Waaas?!! Du — willst — Dich — an Deinem Vater — vergreifen?! Waaas?!!... I. nu seht doch mal! (Kommt auf sie zu. Toni ist zurückgetreten und lehnt an der Wand. Regungslos. Hände zusammengekrampft. Sie sieht ihm starr in's Gesicht. Ihre Lippen zucken. Die Thränen laufen ihr über die Backen.)

Toni: Pfui! Schäm' Dich! ... Du bist betrunken!
Selicke: I! Seht doch!... Das liebe Töchterchen!...
O. Du bist ja ein — reizendes Wesen! (Kommt noch näher auf sie zu.)
Walter (in der Kammer, ängstlich): Vaterchen! Liebes Vaterchen!
Selicke (sieht sich um. Bleibt wie verwirrt stehen): Na! Da — heult einer und da ... B—bin ich denn -- der reine — Tyrann?! (Geht von Toni weg.) Hm! ... Brr! ... So 'n Sausoff! ... (Geht zum Sophatisch, setzt sich davor nieder und legt den Kopf auf die Arme. Eine Weile ist es still. Toni beobachtet ihn und will Frau Selicke holen. Selicke scheint einzuschlafen ... Nach einer Weile richtet er aber den Kopf in die Höhe.) So 'n Weib! ... So 'n Weib! (Toni bleibt stehen.) So geht man nun unter! ... (Sie legt die Hände vor's Gesicht. Bebt vor Schluchzen.) „Ach. mein Fuss!" — „Ach. mein Fuss!" -- Weiter weisste nichts! ... Immer ich — ich -- ich! — Ich brauchte Dich nicht zu heirathen! — 's war mein guter Wille! — Zu dumm war ich! Zu dumm! — Du alte ... Ae! Du! — „Wir sind so arm!" — „Wir haben kaum's liebe Brot!" — „Nichts in die Wirthschaft!" — Wer ist denn Schuld?! — Wie kannst Du mir das sagen! — Verdien' Dir was, dann haste was! ... Ja! Fortrennen! das kannste! — Den Leuten was vormachen! Ja! Du armseliges Weib! ... Ae! — Du bist ja — zu dumm! — Zu dumm! So ein — Unglück! — Oh! ... (Ist eine Weile still. Toni will schon zur Flurthür. Fängt wieder an.) „Wir müssen uns vor jedem schäm'n!" — Hä! Du! — Ich hatte mir das anders vorgestellt! — Ja, ja! — Eine Ehe ist mehr! — Ae. Du! — Was weisst Du. was eine Ehe ist! — Du! —

Wie sind — andre Frauen! — Sieh sie Dir mal
an! — Aus — Nichts muss 'ne Hausfrau was
machen können! Aber alles: ich! — Alles
der Mann! — Ae! Sieh zu, wie Du uns durch-
schleppst! — Und die — Kinder! — Die armen,
armen Kinder! — O Gott. was soll aus den'n
werden! — Verzogen sind sie. die lieben Söhnchen!
— Und Du. Toni! — Du! — Du wirst akurat
wie Deine Mutter! Ja, ja? . . . Ich habe Dich
lieb gehabt, aber Du hast mich nicht lieb gehabt! — Du bist niedrig! Niedrig! — Wir
passten nicht zusammen! — Was will man nun
machen?! — Ae! — Schleppt man das so mit
sich! — Ae! Immer hin! Immer hin! —
Hui! — Die armen Kinder! — Die armen Kinder!
— Und Du. mein liebes Mäuschen! — (Seine
Worte gehen in Weinen über) Mein armes, liebes
Mäuschen!

Toni (in höchstem Schmerz): O Gott. o Gott! (Presst
die Hände vor's Gesicht.)

Selicke (zur Kammer hin): Ja, ja? — Du! Grosser!
— Nimm Dir 'n Beispiel an Deinem Vater! —
So was ist ein Unglück! — Ein grosses. grosses
Unglück! — Dein Vater war dumm. gut und
dumm. mein Sohn! Aber nicht schlecht! — Er
hat Euch — alle lieb! — Alle! — Auch Eure
Mutter! — Sie kann's nur nicht verstehn! —
Und das — ist unser Unglück! . . .

(Seine Worte gehen in ein dumpfes, undeutliches Murmeln
über. Er schläft ein.
Vom Bett her das Rauschen von Kissen. Toni, die eben
zur Flurthür wollte, schrickt zusammen.)

Linchen (ängstlich): Ma—mach'n . . Ma—mach'n
! . . . Aah! . . . Aaaah! . . .

Toni (schnell zum Bett): Mein liebes Herzchen! —
Mama kommt gleich wieder!

Linchen: War — Papa — hier?
Toni: Ja! Er schläft schon!
Linchen: Hat er mir — was mitgebracht?
Toni: Ja. Liebchen. (Beugt sich zärtlich zu ihr.) Huh! Du fieberst ja. mein Herzchen! Das ganze Kissen ist heiss!
Linchen (unruhig): Ach — nein! — Ich bin — wieder — ganz munter, Tönchen! — Ich kann — morgen — aufstehn! — 's is immer — so schönes Wetter! — Und ich — muss immer — im Bett liegen . . .
Toni (kann nicht antworten. Sie horcht. Selicke schnarcht.)
Linchen: Ach. 's is man gut — dass — Papa da is! — Ich hatte schon — solche Angst! — (Lächelnd.) Horch mal — wie er schnarcht! — Wie 'ne Säge. was? Du — weinst ja. Tönchen??...
Toni: Ich?! Ach nein?
Linchen: Du! — Du! — Er is wohl wieder — betrunken??
Toni: O nein! Ich dachte gar. mein Liebchen!
Linchen: Will er auch — Mama — nicht schlagen?
Toni: Nein! I bewahre. mein Herzchen!
Linchen: Ach nein! — Das — thut er auch nicht! — Er macht immer — blos so! — Nicht wahr?
Toni: Freilich! Aber, schlafe wieder ein. mein Linchen!
Linchen (unruhig): Ach nein! — Ich kann gar nicht schlafen! — Ich bin ganz — munter. Du! — Du! — Ist bald Morgen? — Kann ich bald — aufstehn. Tönchen?
Toni: Nein. Herzchen! Noch nicht!

Linchen: Ach! — Du! — Du!
Toni (besorgt): Was — was ist Dir denn, mein Herzchen?!
(Bückt sich zu ihr und fährt dann unwillkürlich wieder in die Höhe.)
Linchen: Ach! — Nichts!... Du!...
Toni (sie gespannt, ängstlich beobachtend): Ja?
Linchen: Wo — is denn — Mamachen?
Toni (mit bebender Stimme): Warte! Ich rufe sie!
Linchen (hastig): Ja! — Ja!... (Toni will gehen.) Du! — Tönchen! — Die L—Lampe — brennt ja — so trübe...
Toni (wendet sich erschrocken um): Aber — n... nein — liebes Mäuschen?!... Sie — ist ja — ganz hell...?... (Steht da, wie erstarrt.)
Linchen (wie vorhin): Schraub — doch — hoch!... Es wird ja — ganz — dunkel...
Toni (mit unterdrücktem Entsetzen): Kind!... (Wird leichenblass. Schraubt mit zitternden Fingern an der Lampe. Wendet sich dann mit wankenden Knieen zur Flurthür und öffnet sie. Vorsichtige Schritte.)
Frau Selicke (zur Thür herein): Ist er denn...
Linchen (ängstlich, bang, angestrengt): Ma—ma—chen...
Frau Selicke (aufhorchend): Ja? — Mein — Kind?!...
Toni (bebend): Mutter! — Komm! — Schnell! — Er schläft! — Komm! — Linchen... ich weiss nicht...
Frau Selicke (unterdrückt): Wa... Was?!... (Schnell zum Bette hin.)
Linchen: Ma—ma—chen... Ma—ma—chen...
Frau Selicke: Kind??? (Beugt sich forschend über das Bett. Starrt Linchen an.)

Linchen: Das — Licht — geht — aus ...
 Das — Licht — geht — ja ... Ma—ma—chen ...
 Ach! Lie—bes — Ma—ma—chen ....
Frau Selicke (hastig, erregt vor sich hinflüsternd, während ihre Blicke wie gebannt auf Linchen haften): Toni! Toni! ....
Toni (neben ihr. Unterdrückt): O Gott ....
Frau Selicke: Mein Liebchen! Mein süsses, süsses Liebchen! (Pause. Todtenstille. Nur das leise Schnauben Selickes.)
Linchen: Ach — liebes — Ma ....
Frau Selicke: Sie ... Sie ... stirbt! Ach Gott ... Mein Herzchen! — Mein Herzchen! (Schreit auf. Stürzt sich über das Bett).
Toni (schnell zum Tisch. Mit jagender Stimme): Vater! — Vater!
Albert (aus der Kammer): Was ist denn??!
Walter (weinend aus der Kammer): Vaterchen! ... Vaterchen! ...
Frau Selicke (leise wimmernd): Sie ist todt! ... Sie ist todt! ...
Albert (mit Walter schnell zum Bett).
Walter: Mutterchen! — Mutterchen! ... } (gleichzeitig.)
Albert: Um Gotteswillen!
Toni (weinend): Vater!! — Vater!! (Rüttelt Selicke.)
Selicke (aufwachend): Ae! — Na! — Lass ... Na ... (Hebt verdriesslich den Kopf. Will wieder zurücksinken).
Toni: Vater!! (Ihn, ausser sich, an den Schultern packend).
Selicke: Na — ja doch! — .. Was — giebt's denn ... (Starrt um sich und reibt sich die Stirn.)
Toni (weint heraus): Linchen — ist todt ....

Selicke (starrt sie an. Erhebt sich): Was — Was ist mit — Linchen?!

Toni: Ach, sie ist — todt.... (Schluchzt. Selicke wischt sich über die Stirn.)

Selicke: L—Linchen?!! (Zuckt zusammen und geht auf das Bett zu. Toni wankt ihm schluchzend nach. — Selicke steht eine Weile stumm vor dem Bett, dann bricht er schwer, mit einem dumpfen Stöhnen, auf dem Stuhl zusammen. Die andern beobachten ihn stumm.)

Toni (sich auf ihn zustürzend und ihm die Arme um den Hals schlingend): Lieber Vater! — Mein lieber Vater ...

Dritter Aufzug.

Dritter Aufzug.

(Dasselbe Zimmer. Durch die zugezogenen Fenstervorhänge bricht bereits der Morgen. Auf dem Tische, auf welchem Selickes Einkäufe liegen, brennt noch trübe die Lampe. Der Weihnachtsbaum lehnt noch beim Sopha gegen die Wand. — Draussen auf dem Treppenflur hört man Kinder lärmen und spielen Eine helle, unbeholfene Stimme singt ein Weihnachtslied. Der Gesang wird oft durch Schreien, Jauchzen, Lachen und den Ton einer Blechtrompete und dann wieder vom Sänger selbst unterbrochen. Zuweilen ist er so deutlich, dass man die Textworte hören kann: „Des freuet sich der Engel Schaar . . ." Selicke sitzt vor dem Bett in stummer, dumpfer Trauer. — Toni steht etwas seitwärts von ihm neben Frau Selicke und hat den Arm um sie geschlagen. Beide beobachten ihn mitleidig. — Walter hockt auf dem Sopha, weint still vor sich hin, sieht dann wieder zum Bett und zu Selicke hin, gähnt ab und zu aus Uebermüdung und zittert vor Frost. — Albert steht neben dem Weihnachtsbaum, zupft in Gedanken an den Nadeln herum und schielt dabei ab und zu zum Bett hinüber.)

Frau Selicke (mit müder Stimme, halb weinend): Die Lampe fängt an zu riechen, Toni! . . . Lösch aus! . . . 's is hell draussen! . . . Der Lärm auf dem Flur! . . . Die kennen keine Sorgen . . . .

Toni (löscht die Lampe aus und zieht dann den Fenstervorhang zurück. Das Morgenlicht fällt grau durch die verschneiten Scheiben in's Zimmer. — Toni will auf die Flurthür zugehen und den Kindern verbieten, die draussen immer noch lärmen; aber in diesem Augenblicke poltern sie lachend, schreiend und blasend die Treppe hinunter. Der Lärm entfernt sich unten im Hause und hört dann allmählich ganz auf.)

Frau Selicke: Die sind fidel! ... (Sie tritt zu Selicke hin und legt ihm sanft die Hand auf die Schulter; mit mitleidiger, bebender Stimme): Vater! ... (Selicke, der, das Gesicht in den Händen, die Ellenbogen auf die Kniee gestützt, vor sich hinbrütet. achtet nicht auf sie.) Vater! ... Komm! ... Vater! ... (Ihre Worte gehen in Weinen über.)

Selicke (rührt sich; dumpf, mit zärtlichem Ausdruck): Du! ... Mein Linchen! ... (Schluchzt unterdrückt.)

Frau Selicke (lehnt ihren Kopf gegen seine Schulter und weint): Vater, komm! ... Komm hier fort! ...

Selicke: Du! ... Mein Linchen! ... Warum Du? (Starrt vor sich hin.)

Frau Selicke (immer noch in derselben Stellung): Komm, Vater! ... Wir wollen uns von jetzt ab — rechte Mühe geben ... Wir wollen vernünftig sein ... Es soll nun anders werden bei uns. ... Nich wahr, Vater?

Selicke (richtet das Gesicht in die Höhe und sieht sie mit einem todten, ausdruckslosen Blick an. Frau Selicke starrt ihn eine kleine Weile angstvoll an und richtet sich dann, den Schürzenzipfel vor den Augen, wieder auf. Selicke, der sich schwerfällig erhoben hat, bückt sich über das Bett und küsst die Leiche. Weich, zärtlich): Leb wohl! ... Leb wohl, mein gutes Linchen! ... Du hast's gut! ... Du hast's gut! ... (Betrachtet die Leiche noch einen Augenblick, richtet sich dann in die Höhe und wankt gebrochen in die Kammer, während Walter auf dem Sopha noch lauter zu weinen anfängt und Albert sich, mit dem Gesicht gegen das Fenster gewandt, laut schneuzt.)

(Kleine Pause.)

Frau Selicke (wieder in Thränen ausbrechend): Warum hat uns — der liebe Gott das — Kind genommen?! ... und ich ... und ich — muss mich — weiterschleppen ... mit meinem Elend und meinem Leiden . . . Ich muss mir selber zur Last sein . . . und . . . Euch allen! . . . Siehste? . . . Als ich 'm das eben sagte: er hat mich — kaum angesehn! . . . (Schluchzt krampfhaft in ihr Taschentuch, in das sie sich, während sie sprach, geschneuzt hat. Laut, sehnsüchtig): Ach. hol' mich bald nach, mein Linchen! Hol' mich bald nach! . . .

Toni (sie sanft umfassend): Mutterchen! . . . Sprich doch nicht so! . . . Was sollten wir denn dann machen, wenn . . . Ach! . . .

Frau Selicke: Unser einz'ges . . . unser einz'ges . . .

Toni: Ach! . . . (Beisst die Lippen zusammen. Ihr Oberkörper zuckt von unterdrücktem Schluchzen.)

Frau Selicke: Was hat sie nun gehabt von ihrem armen, bischen Leben? . . . Und doch . . . war sie immer . . . so fröhlich und munter . . . unsre einz'ge. einz'ge Freude . . . (Schluchzt.) Ach. was hatte man weiter von der Welt . . .? . . .

Toni (drückt Frau Selicke an sich): Mutterchen!

Frau Selicke: Was soll nun hier werden? . . . Nun kann man sich nur gleich aufhängen oder . . . in's Wasser gehn . . .

Toni: Mutterchen! . . . Ach Gott! . . .

Albert (tritt zu Frau Selicke hin und streichelt sie): Lass man. Mutterchen! . . . Es soll schon noch werden! . . .

Frau Selicke: Ja! Für Euch! . . . Für Euch wohl . . . Für mich is' es 's beste. Linchen holt mich nach . . . So bald als möglich!

Albert: Nein. Mutterchen! . . . Es soll Dir noch recht gut gehn! Warte man!

Frau Selicke (weinend): Ach. ja. ja . . .

Toni (ist wieder zu Walter gegangen und nimmt ihn bei der Hand): Walter, komm!
Walter (müde): Mich friert so!
Toni: Ja! Komm, mein Junge! ... Geh in die Kammer und leg' Dich hin! ... Du hast die ganze Nacht nicht geschlafen!
Walter (steht auf; tritt mit Albert zum Bett. Beide betrachten neugierig-ernst die Leiche. Walter weint.)
Toni: Geh in die Kammer, mein lieber Junge, und schlaf!
Walter (schmiegt sich an Frau Selicke): Mutterchen! ... Mutterchen! ...
Frau Selicke: Ja, ja? ... Na ja, mein armer Junge! ... Geh, leg' Dich schlafen! ... Du bist todtmüde! ...
(Walter und Albert gehn in die Kammer.)
Toni (tritt wieder zu Frau Selicke hin): Du solltest Dich auch 'n bischen ruh'n, Mutterchen!
Frau Selicke (nervös; bitterlich weinend): Siehste? ... Siehste, Toni? ... Kein Wort, kein Sterbenswörtchen hat er wieder für mich gehabt! ... Er sah mich grade an, wie: na, was willst 'n Du? ... Wer bist 'n Du? ... Als ob ich 'n gar nichts anginge! ... Ach Gott! Was ist das für ein elendes, elendes Leben gewesen die dreissig Jahre! ... Ach, wollt' ich froh sein, wollt' ich froh sein, wenn ich an Deiner Stelle wäre, mein Linchen! ... (Betrachtet die Leiche.) ... Sieh mal, Toni! ... Wie hübsch sie aussieht! ... Wie schön! ... Sie lächelt ein'n ordentlich an! ... Wie schön weiss . . . und wie ihre Haare glänzen! ... Ach, die lieben, blonden Härchen! ... (Diese Worte gehen wieder in Weinen über.) Die lieben, blonden Härchen! ...
Toni (die neben ihr steht und den Arm um sie gelegt

hat): Ach nein, Mutterchen! Der Vater wird ganz anders werden! — Er ist ganz verändert!...

Frau Selicke: Nein! Nein! Der wird nie anders! In dem Blick .... wie er mich so ansah .... da konnte ich so recht deutlich lesen: wenn Du 's doch wärst! ... Ach, und ich wollt 'm ja so gerne Platz machen! Weiss Gott im hohen Himmel! ... Ach — so — gerne!

Toni (traurig): Nein! Das hat er sicher nicht gedacht!

Frau Selicke: So gerne wollt' ich ihm den Gefallen thun! ... So recht aus Herzensgrunde wünscht' ich das! ... Aber 's is. als ob der liebe Gott grade mich ausersehen hätte ... (Hat wieder zu weinen angefangen.)

Toni: Nein, Mutterchen! Du musst nicht so was denken! ... Siehste, wir müssen uns jetzt alle recht zusammenschliessen! ... Sei nur recht gut und geduldig mit ihm ... Du sollst sehn. dann wird es besser ... dann — wird alles gut werden!

Frau Selicke: Ach, ich bin ja schon immer zu allererst wieder gut! ... Ich bin ja immer. jedesmal zuerst wieder zu ihm gekommen und freundlich mit 'm gewesen! .... Ach Gott. schon um 'n lieben Frieden willen! .... Ich sehne mich ja nach weiter nichts mehr, als nach 'n bischen Ruh und Frieden ... nur ein bischen Ruh und Frieden ...

(Es klopft an Wendt's Thür.)

Frau Selicke (halb für sich, sich erinnernd): Ach Gott. Herr Wendt! (laut) Herein!

(Wendt tritt ein Er ist bleich und sieht überwacht aus. Seine Backen scheinen etwas eingefallen zu sein).

Frau Selicke (weinend): Herr Wendt! ... Ach.

an Sie hab' ich auch noch nich denken können!
... Sie müssen ja gleich abreisen .... Mein armer Kopf is mir ganz verwirrt ...

Wendt: Oh ... (Macht eine abwehrende Handbewegung und tritt auf sie zu.) Meine liebe, gute Frau Selicke ... (Drückt ihre Hand.)

Frau Selicke (mit der Schürze an den Augen, ist mit ihm an's Bett getreten. Kann kaum sprechen vor Weinen): Sehn Sie ... da ...

Wendt (steht mit ihr in stummer Trauer vor'm Bett.)

Toni: Mutterchen! Komm!

Frau Selicke (sich die Augen trocknend, sich zusammennehmend): Ja, ich will ... Um elf geht Ihr Zug, Herr Wendt?

Wendt: Ach! (Handbewegung. Frau Selicke will auf die Küchenthür zu.)

Toni (man merkt ihr grosse Ermattung an): Lass nur, Mutterchen! ... Ich will das schon alles besorgen! Du musst unbedingt ein bischen ruhn! Komm, Mutterchen! Komm! ...

(Frau Selicke lässt sich willenlos von ihr langsam zur Kammer führen. Toni drückt leise die Thür hinter ihr zu. Sie bleibt einen Augenblick mit allen Anzeichen grosser Müdigkeit bei der Thür stehen, nimmt sich dann zusammen und macht ein paar Schritte auf die Küchenthür zu. — Die Uhr schlägt neun.)

Wendt (beim Bett, leise): Und heute — wollt' ich — mit Deinen Eltern reden ...

Toni (äusserst abgespannt): Was? .. Neun schon? ... Ach ja, ich muss ja noch ... Sie müssen ja — um elf — fort ...

(Sie geht mit müden Schritten, wie mechanisch, auf die Küchenthür zu.)

Wendt (wiederholend): Fort ...

Toni (stehen bleibend, ihn mit ausdruckslosem Blick ansehend): Was? . . .

Wendt (mehr ängstlich als überrascht): Und — Toni! Du sagst „Sie"?!

Toni: Wie? Ach so . . . hab' ich . . . Ach ja! (Mit einem müden Lächeln): Das ist nun auch — vorbei . . .

Wendt (wie vorhin): Vor . . . Vorbei?!

Toni (wie im Selbstgespräch): Das ist jetzt nun — alles — anders gekommen . . .

Wendt (seitwärts sehend): Toni!

Toni: Ach! . . . Ich bin ganz . . . mir ist . . . Ah . . .
(Sie sinkt in einem Anfall von physischer Schwäche gegen seine Schulter.)

Wendt (besorgt): Toni! . . . Was ist Dir?! (Beobachtet sie ängstlich. Ihre Augen sind geschlossen, um ihren Mund liegt ein gequältes Lächeln.)

Wendt (besorgt): Herrgott! . . . Liebe Toni!
(Sie schlägt die Augen wieder auf.)

Wendt! Ist Dir besser?

Toni: Ja . . . Es war mir nur . . . so . . . ein Augenblickchen . . .
(Sie macht sich sanft von ihm frei.)

Wendt (erfasst ihre Hand): Halt aus. meine gute, liebe Toni! . . . Halt aus! . . . Nur noch eine Weile! . . . . Nur noch eine kleine Weile! . . . Du armes Mädchen! . . . Alles ist so — über uns hereingekommen! (Seufzt.) Nur noch eine kleine Weile! . . . Es wird alles gut! . . . Es muss ja alles wieder gut werden! . . .

Toni (hysterisches Weinen.)

Wendt: Toni!!

Toni: Ach. mir ist . . . (Fasst sich.) Ja! . . .
Wir dürfen jetzt nicht mehr — daran denken! . . .
Ich habe das nicht nur so — hingesagt! . . .
Das ist nun — vorbei! . . .
Wendt: Ach. Du weisst ja nicht. was Du . . . .
Wir wissen ja nicht — jetzt . . .
Toni (müde, gequält): Ach. wenn ich doch todt wär'! . . .
Wendt (nach einer Pause): Das — ist dein . . .
Toni (bleibt stumm).
Wendt: Du — sagst das mit — voller Ueberlegung?
Toni (leise): Ja!
(Pause. Wendt stumm an dem Tisch, auf welchen er sich schwer gestützt hat; Toni neben ihm, ihn ängstlich beobachtend.)
Toni: Du musst doch selbst sehn. dass es — jetzt nicht mehr geht.
Wendt: Mit voller Ueberlegung? . . . Nein! — Ach was! - Das kannst Du ja gar nicht! . . Siehst Du! Das kannst Du ja gar nicht! . . . Es ist ja unmöglich, dass wir die Verhältnisse jetzt klar übersehen können! . . .
Toni: Ach nein! . . . Ich weiss ganz genau. wie jetzt alles kommen wird! . . . Wir können und werden uns nie heirathen! . . .
Wendt: Nie? . . .
Toni (traurig mit dem Kopfe schüttelnd): Nein! . . . Nie! . . .
Wendt: Nie! . . . (Er hat sich auf den Stuhl vor dem Tisch sinken lassen, der noch von gestern Abend dasteht. Stumm, finster, den Kopf in beiden Händen, vor sich hinstarrend.)
Toni (beunruhigt, mitleidig): Siehst Du! . . . Du

musst doch sehn. dass ich jetzt — hier — nicht fortkann!... Ach. Du weisst ja!... Du hast ja gehört!... Diese schreckliche. schreckliche Nacht!... Ich kann. ich kann doch nicht anders!.. (Nachdenklich.) Wenn es jetzt auch so aussieht, als ob sie anders wären! Ach! Das scheint ja nur so!... (Traurig.) Das dauert ja doch nicht lange! Bei der nächsten Gelegenheit — ist es wieder — wie vorher. und — und noch viel — noch viel — schlimmer...

Wendt (dumpf vor sich hin): Noch — schlimmer!...

Toni (ernst und traurig): Ja!... Noch schlimmer! ... (Pause.) Ja. wenn Linchen noch... (Ihre Stimme zittert.) Wenn sie dem Vater so auf den Knie'n sass beim Essen... so neben ihm... wenn sie sich an ihn schmiegte... und ihm — was vorschwatzte... oder: wenn sie sich zankten... wenn sie dann — weinte... und bat... mit ihrem rührenden Stimmchen... Ach! Sie hat sie immer wieder heiter gemacht und — getröstet... Ja! Aber jetzt... (Ist in Weinen ausgebrochen.) Ach. Du weisst das ja alles gar nich!...

(Pause.)

Was soll werden?... Sag doch selber!... Zu uns nehmen — könnten wir sie ja doch nicht! ... Du weisst ja. wie er is!... Und — die Mutter allein?... Das lässt er nicht!... Er hat sie ja viel. viel zu lieb!... Er kann sich nicht von ihr trennen!... Und unterstützen? ... (Sie lächelt müde.) Das siehst Du ja selber: das kann ja gar nichts nützen!... Darauf kommt es ja gar nicht an!... Ach Gott! Ich darf gar nicht daran denken!... Die arme. arme Mutter!... Und dann — die andern!.. Der arme Walter!... Nein! (Leise.) Es ist ganz

unmöglich. ganz unmöglich. dass ich fort kann!
... Und — das kann noch lange, lange Jahre
so fortdauern! ...
Wendt (nach einer Weile, halb zu sich selbst, seitwärts, zwischen den Zähnen): Und — da musst Du
Dich also — opfern! ...
Toni (nachdenklich): Die armen, armen Menschen!
Wendt: Dein ganzes Leben in diesem Elend verbringen! Dein ganzes Leben! ... Das soll man
ertragen?! ... (Ist aufgesprungen.) Das ist ja
unmöglich. Toni! Das ist ja unmöglich!
Toni (sanft): Ach. doch!
Wendt: Toni!
Toni: Und wenn sie noch schlecht wären! ...
Sie sind aber so gut! Alle beide! Ich habe
sie ja so lieb! ...
Wendt (leise; einfach constatirend, nicht vorwurfsvoll):
Ja! Mehr als mich! ...
Toni: Ach. Du bist ja viel glücklicher!
Wendt: Glücklicher? Ich?!
Toni: Ja, Du! Du! ... Du bist ja noch jung
und hast noch so viel vor Dir! ... Aber sie
haben ja gar nichts mehr auf der Welt! Gar
nichts! ...
Wendt (stöhnt auf).
Toni (leise): Wir könnten ja doch nie so recht
glücklich sein! ... Ich hätte ja keine ruhige
Stunde bei Dir, wenn ich wüsste. wenn ich fortwährend denken sollte, dass hier . . . Nein. nein!
... Das wäre ja nur eine fortwährende Qual
für mich! ... Das siehst Du ja auch ein!
Wendt: Ich? ... ein?!
Toni: Ja!
Wendt (zuerst vollständig fassungslos, dann): Gut!

Dann bleib' ich hier!... (Verzweifelt.) Ich habe den Muth nicht, ohne Dich. Toni!... Toni! — (Auf sie zu.)

Toni (erschrocken, schon in seinen Armen. Flehend): Hier?!... Nein! Ach. nein!...

Wendt: Und wenn alles in Stücke geht!

Toni: O Gott!... Ach. nein!... Nein!... Deine Eltern...

Wendt: Meine Eltern?! — Hä! — Wohl mein Vater?! Dieser orthodoxe. starrköpfige Pfaffe und... Ae! Die ist mir ja auch nicht mehr das!...

Toni: O!

Wendt (bitter): Ja, ja, meine liebe Toni!

Toni: Und Deine Stellung?

Wendt: Meine Stellung?! Hä! — Was ist mir denn meine Stellung! (Leiser.) Ich habe nur Dich. Toni! Nur Dich!...

Toni: Ach! — Aber sieh doch... Nein! Das würde Dir ja auch nichts nützen!

Wendt: Nichts nützen?!

Toni: Nein, nein!... Ach. nein! Das geht ja nicht!... Ach. das würde ja alles ganz anders werden. als Du Dir's jetzt vorstellst!.... Du bist ja nicht so an alles das gewöhnt!.. Und dann: Eh' Du Dir dann wieder eine neue Stellung verschafft hast!... Alles das!... Nein, nein! ... Es ist so gut von Dir. so gut! Aber es nützte ja doch nichts!... Ach. siehst Du denn das gar nicht ein?

Wendt (stöhnt schmerzlich auf).

Toni (einen Einfall bekommend): Ach na... Und dann — siehst Du!... Eigentlich: wir haben ja noch gar nichts verloren?... Später könnten wir ja — vielleicht — immer noch zusammenkommen?

Wendt (sie fest ansehend): Später?

Toni (etwas verlegen): Nun ja?... Ich...

Wendt (wie vorher): Später?

Toni (mit einem gequälten Lächeln): Ich... Nun ja — Warum denn nicht? Ich... e... Wir müssten vielleicht noch — ein paar Jahre warten! ... Aber unterdessen kannst Du ja... (Sie hat während der letzten Worte nach dem Bett hingesehn.) Hach?! (Ist zusammengefahren, sich fest an ihn klammernd.)

Wendt (mit zitternder Stimme): Um Gotteswillen! Was ist Dir denn, Toni?!

Toni (wieder aufathmend und sich über die Stirn streichend): Mir war — als wenn sich — im Bette dort etwas — bewegte...

Wendt (gleichfalls unwillkürlich zum Bett hinsehend. Sucht sie zu beruhigen): Du bist so erregt, Kind!

(Pause.)

Toni: Wir vergessen... Wir müssen — vernünftig sein! ... (Lächelnd.) Ach! — Sieh mal? — Mir — ist — schwindlich! ... Ich bin — doch — ein bischen — angegriffen...

Wendt (sie stützend): Du hast Dich so erschrocken, Toni! ...

Toni (mit mattem Lächeln): Lass nur! — Es ist — schon wieder gut! ... (Sie ist mit gefalteten Händen vor das Bett Linchens getreten. Weint.) Ja! — Du siehst... Mein liebes, liebes Linchen! ... Mein Schwesterchen! ...

Wendt (hinter ihr).

Toni (weinend, wendet sich zu ihm): Sieh doch!

Wendt (abgewandt): Toni...

Toni: Ich bitte Dich! — Ich bitte Dich! —
Wendt (sie ansehend. Auf's tiefste erschüttert. Hat ihre Hand ergriffen. Demüthig): Toni! — O, was bin ich gegen Dich! — Wie muss ich mich vor Dir schämen!...
Toni (abwehrend): Ach ... (Ernst.) Aber: wir dürfen nicht! Nicht wahr?
Wendt (sich abwendend): Du hast recht! (Hat ihre Hand wieder fallen lassen.) ... Ja! Du brauchst mich nicht! — Du bist gross und muthig und stark und ich so klein. so feig und — so selbstsüchtig! (Beschämt.) Ich — Thor ich!... Ja! Du hast recht! — (Seufzt tief auf.) Wir dürfen nicht!...
Toni (seine Hand ergreifend und ihm die ihre auf die Schulter legend; sieht ihm in die Augen): Nicht wahr. Gustav?... Wir dürfen doch nicht nur an uns denken?!
Wendt (im tiefsten Schmerz. Ihre Hand drückend): Ach! — Mädchen! —
Toni: Du bist so gut gewesen!... Du hast's so gut mit uns gemeint!...
Wendt (gequält): Ist denn nur keine. keine Möglichkeit?!... Herrgott!!...
Toni (schmiegt sich an ihn): Siehst Du: ich muss ja doch auch aushalten!
Wendt (schmerzlich): Toni! — Toni! —
Toni (immer in derselben Stellung. Wieder mit einem Lächeln): Ach, wenn man so den Tag über arbeitet. weisst Du!... Wenn man sonst gesund ist und immer tüchtig arbeiten kann: da denkt man an nichts!... Da hat man keine Zeit, an was zu denken!... Und Du — Du weisst so viel! Du kannst so viel nützen ...
Wendt (düster): Ich? Nützen?

Toni: Ach ja!

Wendt: Nützen!... Ja früher! Wenn ich noch wie früher wär'!... Aber jetzt?! Jetzt?!...

Toni: Ach. das ist ja nur so für den Augenblick!... Du kannst glauben: Das ist nur so für den Augenblick!... Wenn Du erst dort bist... Das ist so ein schöner, schöner Beruf, Pastor!

Wendt: Ich glaube an alles das nicht. womit ich die Leute — trösten soll, liebe Toni! Und ich kann nicht — lügen!

Toni (lehnt den Kopf an seine Schulter. Zu ihm auf): Aber wenn nun... Wenn Du mich nun... Hättest Du dann gelogen?

Wendt: Wie meinst Du?

Toni: Ich meine: Wenn Du mich — geheirathet hättest und Du wärst dann Pastor gewesen. dann hättest Du doch ebenso gut den Leuten was vorgelogen. wenn Du überhaupt an das alles nicht glaubst?... Du sagtest doch gestern — ich weiss nicht mehr, wie Du's ausdrücktest!... Aber — ... Ja! — Wir hätten dann, was mit dem Leben versöhnte! — So ungefähr! — Es war so schön!...

Wendt: Mädchen! — Mädchen! —

Toni: Ach. lass doch! — Du hast dort zu thun und ich — hier! — Und wenn wir dann — manchmal aneinander denken. dann — wird es uns leichter werden!... Nicht wahr?... (Mit mildem Scherz.) Ich will mal sehn. wie oft mir das Ohr klingt!... Ach ja! Wenn man nichts zu thun hat, dann denkt man so an alles und dann sieht alles — viel schlimmer aus. als es ist!... Aber wenn man arbeitet. dann schafft man sich alles vom Halse!...

Wendt: Ja! Ja! Du hast wieder recht, wieder recht!... (Sieht sie innig an.) Ach Mädchen! — Du wunderbares Mädchen! Wie könnt' ich jetzt ohne Dich leben!...

Toni (ängstlich): O nein, nein!... Das sagst Du ja nur so! — Das wäre doch schlimm, sieh mal, wenn Du das nicht könntest, wenn Du blos von mir abhingst! — Lieber Gott! Ich bin ja so dumm! — Ich weiss ja nichts!

Wendt: Ich meine nicht so! — Du hast recht! — H!... Wir müssen uns darein finden!

Toni (freudig, sich an ihn drückend): Ach, siehst Du! — Das ist gut von Dir!. Das ist gut!

Wendt: Aber, nicht wahr? Ich habe Dich doch gefunden und Du — Du machst mich jetzt zu einem anderen Menschen!... Du hast mich überhaupt erst zu einem gemacht, liebe Toni!...

Toni: Ach, ich!...

Wendt (innig): Ja! Du!... Das Leben ist ernst! Bitter ernst!... Bitter ernst!... Aber jetzt seh' ich, es ist doch schön! — Und weisst Du auch warum? meine liebe Toni? Weil solche Menschen wie Du möglich sind! —... Ja! So ernst und so schön!... (Streichelt ihr über das Haar.)

Toni (leise, selbstvergessen, glücklich): Ach ja!... Ach, aber das ist gut von Dir!... Ich wusste ja ....

(Pause. Sie sehen sich in die Augen.)

Toni (schmerzlich, sehnsüchtig aufseufzend): Ach, Du!...

Wendt (sie fest an sich pressend): Hm? Du!... Toni!...

Toni (in Gedanken an ihn vorbeisehend): Ach ja!

Wendt (schmerzlich): Toni! — Toni! — (Presst sie eng an sich.)

Toni (mit erstickter Stimme): Still . . . Sei still . . .
Wendt (verloren): Toni . . . (Beugt sich über sie und will sie küssen.)
Toni (mit erstickter Stimme): Lass! . . . Ich — höre — die Mutter! . . . Ich muss nun . . . . Wir müssen nun daran denken! . . . Nicht wahr? . .
Wendt: Toni! Ich bleibe noch! . . . Einen Tag! . . . Einen einzigen Tag!
Toni (wie vorher): Nein! . . . Bitte! . . Bitte! . . Mir zu liebe! . . .
Wendt: Ach! . . . Leb wohl! . . . (Küsst sie.)
Toni (seinen Kuss erwiedernd, mit thränender Stimme): Leb — wohl! . . . . (Sie drückt sich gegen seine Brust.) Leb wohl! . . . (Es klingelt. Toni will aufmachen.)
Wendt (hält sie zurück): Lass! Ich werde aufmachen! — 's wird wohl nur der alte Kopelke sein . . . (Er geht aufmachen. Toni zieht sich in die Küche zurück.)
Kopelke (noch im Corridor): Danke scheen! Danke scheen! . . . Juten Morjen, werther, junger Herr! — Na? Schon uf 'n Damm? . . . Wie steht't denn mit unse Kleene? — Aha! Ick weess schon! . . . Se schläft noch! Scheeniken! . . .
Wendt: Nein, sie . . . Bitte, treten Sie ein. Herr Kopelke!
Kopelke (tritt geräuschlos ein. Er hat ein kleines Packetchen unter'm Arm. Bleibt einen Augenblick bei der Thür stehen und sieht sich um): Juten Morjen! . . . Nanu?! Keener da?! . . . Det is jo hier noch so 'ne Wirthschaft?! . . . (Zu Wendt hinter sich zurückflüsternd): Sagen Se mal, et is doch nich etwa . . . He?! . . .
Frau Selicke (lugt aus der Kammer): Ach, Sie sind's. Herr Kopelke? (Tritt ein.)

Kopelke: Ja, ick! .... Juten Morjen, Frau Selicken! ... Ick wollt' mal .... Sagen Se mal, et ...
Frau Selicke (weinend): Ach, Herr Kopelke! ..
Kopelke (besorgt): Nanu?! Et is doch nich ...
Frau Selicke (in Thränen ausbrechend): Ach! Nun brauchen Sie — nicht mehr — Herr Kopelke ..
Kopelke (das Packetchen auf den Tisch legend): Det hat sick doch nich — verschlimmert?!
Frau Selicke Hier! ... Da! ... (Sie ist mit ihm an's Bett getreten).
Kopelke (steht eine Weile stumm da und giebt einige grunzende Laute von sich).
Frau Selicke: Diese Nacht um zwei ...
Kopelke (mit bebender Stimme): Biste todt, mein liebet Linken? .... (Tritt zu Frau Selicke und nimmt ihre Hand.) Frau Selicken! ... Meine liebe Frau Selicken! ... Det ... Sehn Se! .. Det ... Hm! ... Hm! ... (Er hält einige Augenblicke, seitwärts sehend, ihre Hand.) Wo is denn Edewacht?
Frau Selicke: Drin in der Kammer! .... Er sitzt da und — und — rührt sich nich .. Wie todt! ... Ach Gott, ach Gott, ach Gott! ...
Kopelke: Hm! ... (Wendet sich wieder zum Bett und betrachtet die Leiche.) Un ick dacht' ... Hm! ... Un ick hatt' ihr da — noch 'ne — Kleenigkeet — mitjebracht! ... Hm! ... Nu is det — nich mehr — needig! ... Nu hat se det — freilich — nich mehr — needig! ... Hm! ... Hm! ...
(Toni tritt in die Küchenthür und sieht in die Stube nach Frau Selicke.)
Liebet Freilein! ... (Kopelke giebt ihr die Hand. Toni sieht still seitwärts.) Liebet Freilein! ...
(Toni geht zu Frau Selicke.)

Toni: Mutterchen! Da bist Du ja schon wieder?...
Hast Du denn nicht ein bischen geschlafen?
Frau Selicke: Nein! — Kein Auge hab' ich zuthun können! — Nur so ein bischen gedämmert!
... Wie's klingelte, war ich gleich wieder wach!
... Haste denn Herrn Wendt...
Toni: Ja! Lass nur! Ich gehe schon! Leg' Dich aber wieder hin, Mutterchen! Hörst Du?
Frau Selicke: Ja, ja!... (Toni geht in die Küche zurück.) Warten Sie, Herr Kopelke! — Ich werde meinem Manne sagen... (Ab in die Kammer.)
Kopelke (tritt vom Bett zu Wendt hin, der die ganze Zeit über ernst bei Seite gestanden hat): Die armen Leite! — Die armen Leite! — Jott! Ick sag' immer: warum muss et blos so ville Elend in de Welt jeben? — Ae, Jottedoch! — ... Sie woll'n nu heite ooch reisen?
Wendt (zerstreut): Ja! — Gleich nach den Feiertagen tret' ich meine Stellung an.
Kopelke: Ja, ja! - Det wird Ihn'n nu ooch so nich passen! — Na, wissen Se, werther, junger Herr! Det lassen Se man jut sind! Die Beffkens un der schwarze Rock un det so: det is jo allens Mumpitz! — Sowat macht 'n Paster jo nich! Damit kenn'n Se sick trösten! — Da sitzt der Paster! Verstehn Se? Da! (Klopft sich auf die Brust.) ... Un denn, wissen Se: in die żwee Jahre haben Se hier wat kennen jelernt, wat mennch eener sein janzet Leben nich kennen lernt, un wat Bessres, verstehn Se, hätt Ihn'n janich passirn können!... Ick wünsch' Ihn'n ooch 'ne recht jlickliche Reise! — Wah mich immer sehr anjenehm, werther, junger Herr! Wah mich immer sehr anjenehm!... Un, Se kommen doch später hier mal widder her? Wat?...

Wendt (nachdrücklich): Ja, das werd' ich! — Ueber kurz oder lang!... Ich danke Ihnen. Herr Kopelke!

Kopelke (ihm die Hand drückend): Scheeniken! Scheeniken! Det is recht von Sie!

(Frau Selicke kommt aus der Kammer.)

Frau Selicke: Es is nichts mit'm anzufangen! — Gehn Sie nur selber zu 'm rein, Herr Kopelke!... Ach Gott, ja!...

Kopelke (nimmt ihre Hand): Kinder! — Kinderkens!... Lasst man jut sind! Wir kommen ooch noch mal an de Reihe!... (Verschwindet hinter der Kammerthür.)

(Draussen fangen die Glocken zum Frühgottesdienst an zu läuten. Das Läuten dauert bis gegen Schluss.)

Frau Selicke: Da läuten sie schon zur Kirche!... Ach, wer hätte das gedacht, dass Sie mal so von uns fortziehen würden, Herr Wendt!... Unter solchen Umständen!... (Weint.) Lassen Sie sich's recht gut gehen! (Giebt ihm die Hand.) Und grüssen Sie Ihre Eltern unbekannterweise recht schön von uns!... Erleben Sie bessere Feiertage — und — denken Sie manchmal an uns....

Wendt: Ja! — Das werd' ich sicher, liebe Frau Selicke!

Frau Selicke: Wo bleibt denn Toni? Sie haben ja gar nich mehr so viel Zeit....

Toni (kommt mit Frühstück und Kaffeegeschirr; in der andern Hand trägt sie ein Köfferchen. Im Vorbeigehn zu Wendt): Bitte!

Wendt (nimmt ihr es ab und stellt es neben sich unter den Sophatisch): Ich danke Ihnen....

Frau Selicke (mit der Schürze vor den Augen, Schluchzend): Ach Gott ja! Ach Gott ja!

Toni (hat das Frühstück in Wendt's Zimmer getragen und kehrt nun wieder zu ihrer Mutter zurück. Sie umarmt sie und küsst sie. Zärtlich): Mutterchen! — Muttelchen! . . .

Frau Selicke (zu Wendt, immer noch schluchzend): Ja, grüssen Sie sie nur! Grüssen Sie sie nur recht von uns!

Wendt (ihre Hand ergreifend): Ich danke Ihnen, Frau Selicke! Ich danke Ihnen! Für — Alles! (Ihre Hand drückend.) Leben Sie wohl! (Zu Toni, die mit dem einen Arm noch immer ihre Mutter umschlungen hält, ebenfalls ihre Hand ergreifend.) Leben Sie wohl! Ich . . . . (Toni hat sich an die Brust ihrer Mutter sinken lassen und vermag ihm nicht zu antworten. Ihr ganzer Körper bebt vor Schluchzen.)

Wendt (sich plötzlich über ihre Hand, die er immer noch nicht losgelassen hat, bückend und sie küssend): Ich komme wieder! . . .

Von Arno Holz ist im Verlage von J. Schabelitz in Zürich erschienen und durch alle Buchhandlungen des In- und Auslandes zu beziehen:

DAS BUCH DER ZEIT.
Lieder eines Modernen
von
Arno Holz.

(Höchstelegante Ausstattung, über 400 Seiten, Preis brosch. 5 M.)

Johannes Scherr, dem das Buch gewidmet war, schrieb seiner Zeit an den Verleger desselben: „Werther Herr und Freund! Ich ersuche Sie, mir die Adresse des Herrn Arno Holz mittheilen zu wollen. Das Buch, mit dessen Uebersendung Sie mir gestern eine angenehme Ueberraschung bereiteten, steht in Gehalt und Form hoch über den gewöhnlichen Tageserscheinungen. Es zeugt auf jeder Seite von einem wirklichen und wahrhaftigen Talent. Ich vermag dem Dichter nachzufühlen auch da, wo seine Anschauungen nicht die meinigen sind."

Aehnlich äusserte sich in einem Briefe an den Verfasser Adolf Friedrich Graf von Schack: „Ihre Gedichte, „Das Buch der Zeit", haben mir wegen ihres poetischen Schwunges, reichen Gedankeninhalts und der meisterlich gehandhabten Form ausserordentlich gefallen, und keine andere in den letzten Jahren erschienene lyrische Sammlung hat einen gleich grossen Eindruck auf mich gemacht."

Desgleichen schrieb an den Verfasser Detlev Freiherr von Liliencron: „Hochverehrter Herr Holz! Heute morgen erhielt ich die gestern ausgegebene Broschüre der litterarischen Volkshefte: „Die jüngste deutsche Litteraturströmung und das Prinzip der Moderne" von Eugen Wolff. Ich kann mir die Freude nicht versagen, in der Meinung, dass das beregte Buch noch nicht in Ihren Händen ist, Ihnen zu schreiben, dass Eugen Wolff von Ihnen sagt: „So tritt in der neuen Bewegung als Lyriker nur ein Einzelner in den Vordergrund, der sich freilich durch Tiefe der Empfindung und Wucht des Ausdruckes doppelt vernehmlich macht: Arno Holz in seinem „Buch der Zeit" u. s. w. u. s. w. Bravo! und Hurrah! aus innerstem Herzen mit Eugen Wolff sprechend, Ihr ergebenster Detlev Freiherr von Liliencron."

Das Buch wurde für das Jahr 1886 mit dem Preise der Augsburger Schillerstiftung bedacht. Den für das Jahr 1883 hatte bereits das Erstlingswerk des Verfassers davongetragen.